中国历朝通俗演义
青少年白话文版 ①

前汉演义

蔡东藩◎著

王　统　张雅婷◎改编

民主与建设出版社
·北京·

© 民主与建设出版社，2024

图书在版编目（CIP）数据

前汉演义 / 蔡东藩著；王统，张雅婷改编. -- 北京：民主与建设出版社，2024.1
（中国历朝通俗演义：青少年白话文版；1）
ISBN 978-7-5139-4447-2

Ⅰ.①前… Ⅱ.①蔡…②王…③张… Ⅲ.①章回小说－中国－现代 Ⅳ.①I246.4

中国国家版本馆CIP数据核字（2024）第017695号

前汉演义
QIANHAN YANYI

著　　者	蔡东藩
改　　编	王　统　张雅婷
责任编辑	金　弦　唐　睿　宁莲佳
特约策划	任程民　向春婷　罗　双
封面设计	海　凝
出版发行	民主与建设出版社有限责任公司
电　　话	（010）59417749　59419778
社　　址	北京市朝阳区宏泰东街远洋万和南区伍号公馆4层
邮　　编	100102
印　　刷	三河市同力彩印有限公司
版　　次	2024年1月第1版
印　　次	2024年12月第1次印刷
开　　本	880毫米×1230毫米　1/32
印　　张	7.75
字　　数	191千字
书　　号	ISBN 978-7-5139-4447-2
定　　价	699.00元（全11册）

注：如有印、装质量问题，请与出版社联系。

前 言

历史是对过去的记录,里面有鲜活有趣的故事,有智慧超群的谋士,有源远流长的文化,有引人深思的变迁……一部浩瀚的中国史,讲述着我们一路走来的积极进取与努力创造,饱含着笑与泪,见证着兴与衰,它是我们随手可得的智慧宝库,深刻地影响着我们的思维方式与行为准则。

民国时期,小说家、历史学家蔡东藩历时10年,完成了这套600万余字的皇皇巨著,包括《前汉演义》《后汉演义》《两晋演义》《南北史演义》《唐史演义》《五代演义》《宋史演义》《元史演义》《明史演义》《清史演义》《民国演义》,被人誉为"一代史家,千秋神笔"。蔡东藩以通俗小说的笔法写历史,希望能让更多的人读懂历史。他追求"以正史为经,务求确凿;以轶闻为纬,不尚虚诬",受到各个时期读者的喜爱。

本套书立足原著进行改编,改变了原著中文言文与白话文夹杂的语言风格,用现代汉语重新进行编写,同时尽量保留作者原本的叙事特色。为了让青少年读者能够快速梳理清楚中国历史的发展脉络,编者在改写的过程中保留了主流叙事,删去一些旁枝侧叶的内容,使得篇幅较为短小精悍,更贴近青少年读者的阅读习惯。

  书中还收录了 1935 年上海会文堂新记书局初印之时的部分插图。虽然这些插画绘于 80 多年前,但是笔画精细,画面精致,场景恢宏细腻,具有很高的欣赏价值。不足的地方是这些插画中人物的服饰均采用同一种风格,没有依据朝代进行区分。这跟时代的局限有很大的关系,当时学界对中国历史的研究远没有现在全面,对各朝各代服饰的特点的研究远没有现在深入,相信今天的读者对此有了较多的了解,不会形成理解上的误会。

前汉 目录 Contents

1. 秦国崛起 / 001
2. 嬴异人上位 / 004
3. 秦始皇统一天下 / 008
4. 始皇东巡 / 012
5. 黄石公点拨张良 / 017
6. 焚书坑儒 / 021
7. 天降陨石预言 / 026
8. 始皇暴毙 / 030
9. 扶苏自杀 / 034
10. 倒行逆施秦二世 / 038
11. 陈胜吴广准备起义 / 042
12. 大泽乡起义 / 046
13. 陈胜自立为王 / 050
14. 刘邦斩白蛇 / 054
15. 刘邦受拥成领袖 / 059
16. 机智的伙夫 / 064
17. 陈胜被杀 / 069
18. 项梁崛起 / 073
19. 李斯被杀 / 078
20. 项梁兵败 / 082
21. 项羽夺军权 / 086
22. 巨鹿之战 / 090
23. 项羽坑杀秦兵 / 094
24. 赵高杀秦二世 / 100

25. 刘邦进驻咸阳 / 104

26. 鸿门宴 / 108

27. 范增用计困刘邦 / 112

28. 韩信拜将 / 116

29. 汉军出击 / 121

30. 刘邦兵败彭城 / 125

31. 刘邦弃子逃命 / 129

32. 韩信背水一战 / 133

33. 李左车献计 / 138

34. 陈平反间项羽君臣 / 141

35. 纪信就义 / 146

36. 汉王夺韩信兵符 / 150

37. 韩信与郦食其争功 / 155

38. 垓下之围 / 159

39. 刘邦称帝 / 164

40. 抓捕韩信 / 168

41. 白登之围 / 173

42. 白马之盟 / 178

43. 吕后专权 / 183

44. 吕家被诛 / 187

45. 汉文帝初执政 / 192

46. 七国之乱 / 197

47. 汉武当政 / 202

48. 漠北之战 / 207

49. 苏武牧羊 / 213

50. 王莽篡位 / 218

前汉 | 1. 秦国崛起

五千多年前,中国大地上洪水肆虐,部落联盟首领帝尧命大禹、伯益负责治水。两人齐心协力,花费十多年工夫,总算将滔滔洪水引入了大海。事后,帝尧论功行赏,伯益作为功臣之一,被赐予嬴(yíng)姓。

过了数百年,嬴姓家族诞生了一位大力士,名叫恶来。恶来常年在商纣王手下当差,做了很多坏事,名声十分糟糕。商周大战时,恶来战死沙场,嬴姓家族从云端跌落。

又传了四代后,恶来的五世孙嬴非子,凭借养马的本事,获得周孝王的赏识。没过几年,他因为工作能力突出,把马群养得高大肥壮,数量也翻了几番,所以被周王封为附庸,赐予秦地。

经过几代人的奋斗,新生的秦国完成了从无到有的蜕变。然而,对于齐、晋、鲁等老牌诸侯国来说,秦国作为周王室的附庸,只是一个上不了台面的西北蛮族。

时任国君秦襄公,受不了东方诸国的轻视,在犬戎侵犯周朝都城镐京时,主动率军东进,帮助周平王平叛,还把他平安地送到了东都洛邑。

老牌诸侯国纷纷拒绝出兵援救周王室,只有秦襄公肯率军勤王,周平王深受感动。为了报答拔刀相助的秦人,他封给秦襄公伯爵爵

位。从此,秦国跻身三流诸侯行列。虽然地位不高,但总算摆脱了颇为尴尬的跟班身份。

一百多年后,秦国迎来封爵后的第九位国君——秦穆公。在位期间,他指挥着秦军,接连吞并了十二个戎人国家。

转眼间,秦国已经在西方称霸了近三百年。新任国君秦孝公野心勃勃,重用商鞅,大力推行变法,使得秦国迅速崛起。

秦孝公去世后,继任的秦惠文王僭号称王,不断向东发展。后来秦武王、秦昭襄王也相继与六国交手过招,秦国的威望日益隆重。秦昭襄王时期,秦人曾多次重创韩、赵、魏、楚、燕、齐等国。就连曾经的"天下共主"周王室,也被他们赶下了王位,周朝至此灭亡。

东方六国眼看着秦国的实力越来越强,开始联手抗秦。秦昭襄王为了稳住军事实力强大的赵国,将孙子嬴异人送往赵国当人质。

嬴异人独自一人生活在异国他乡,心中十分苦闷。一日,他出门散心,无意间结识了卫国大商人吕不韦。

凭借多年经商积累的经验,吕不韦坚信嬴异人如同一块璞玉,只要稍加雕琢,就能变成价值连城的珍宝。为此,他不惜代价,主动赠给嬴异人很多金银珠宝,还帮他牵线搭桥,结识王公贵人、名人贤士。

没过多久,嬴异人便将吕不韦看作知心好友,两人你来我往,交往密切,几乎无话不谈。嬴异人甚至在吕不韦面前,流露出一丝本不该有的野心:"如果我是国君,一定好好报答您!"

听了这番话,吕不韦越发确定,眼前的落魄王孙,绝不是混吃等死的王孙公子。因此,他绞尽脑汁,为嬴异人规划了一条崛起之路:"太子安国君最宠爱华阳夫人,称王后势必立她为后。现如今,夫人还没有儿子。您要是认她为母,还怕日后做不了国君?"

吕不韦的话瞬间打动了嬴异人,便请吕不韦为他多多筹划。他坐正身子，恭恭敬敬地向吕不韦行了一礼："一切就拜托您了！"

吕不韦见嬴异人表了态，立刻派人送来五百金，作为嬴异人广交天下豪杰的活动资金。紧接着，他又带着价值五百金的奇珍异宝，亲自赶往咸阳打点。

入城后，吕不韦买通华阳夫人的姐姐，托她给夫人传话："太子继位后，必定要在众多儿子中挑选继承人。到那时，您年纪也大了，又没有后代，大概只能任人欺负了。"

华阳夫人又惊又惧，急忙请姐姐帮忙出个主意。姐姐见华阳夫人动了心，就按照吕不韦的交代，故意夸赞远在邯郸的嬴异人，她说："异人名声好、能力强，最关键的是孝顺，只因无人爱护，才被送去赵国当人质。您若是把他召回秦国认作儿子，未来便有了依靠。"

华阳夫人思前想后，觉得姐姐的建议很有道理。当天晚上，她扮出一副可怜兮兮的模样，跟安国君说起自己没有子嗣，想认嬴异人做儿子。安国君心疼爱妻，没有丝毫犹豫便同意了。

2. 嬴异人上位

华阳夫人说服了安国君，兴高采烈地向姐姐报喜。姐姐听完喜讯，将吕不韦的谋划一五一十地讲了出来。华阳夫人越听越吃惊，赶紧让姐姐把这位幕后大功臣请到了府上。华阳夫人拿出丰厚的赏赐，请吕不韦立即返回赵国照顾嬴异人。

抵达邯郸后，吕不韦第一时间把好消息分享给了嬴异人。嬴异人既兴奋又激动，对吕不韦也越发信任。

过了一段时间，吕不韦备了一桌好酒好菜款待嬴异人，想要借机把自己寻到的绝色美女赵姬送给他。

酒到半酣（hān）时，吕不韦见嬴异人已经有了几分醉意，便故意把盛装打扮的赵姬叫来劝酒。望着花容月貌的赵姬，嬴异人眼前一亮。恍惚间，他与赵姬四目相对，不禁更加目眩心迷。

酒宴结束后，嬴异人主动向吕不韦讨要赵姬。吕不韦心头暗喜，表面上却装出一副犹豫的模样。他说赵姬是自己的爱妾，如果异人喜欢可以送给他，但是必须答应他两个要求：一是让赵姬做正室；二是赵姬如果生下儿子，要立他为继承人。嬴异人没有多想，满口答应了。

当天晚上，吕不韦准备了一辆车，把赵姬和嬴异人一起送回了客馆。

2. 嬴异人上位

差不多十个月后,赵姬生下一个男婴。嬴异人特别高兴,给儿子取名"政"。

三年后,秦、赵失和,秦军跨过边境线,一路长驱直入,围困赵国都城邯郸。赵孝成王又怒又怕,便想杀掉嬴异人泄愤。

吕不韦接到消息,立刻贿赂了守城军官,带着嬴异人逃出城,然后混入秦军队伍,秘密逃回了咸阳。赵姬和嬴政暂时留在了邯郸城中,后来也被吕不韦送入咸阳。

入城后,嬴异人按照吕不韦的指点,换了一套楚人常穿的衣服,前去拜见华阳夫人。

华阳夫人是楚国人,如今见了一身楚地装扮的嬴异人,自然倍感亲切。她的眼中噙满泪水,哽咽着对嬴异人说:"好孩子,难得你这么有心。从今往后,你就改名为'楚',做我的亲儿子。"

嬴异人"扑通"一声跪在地上,恭恭敬敬地磕了几个头。从此,

他每天的清晨、傍晚，都去向华阳夫人问安。来到咸阳的赵姬也常常领着嬴政入宫陪侍。华阳夫人享受着从未体会过的天伦之乐，喜不自胜。

秦昭襄王五十六年（前251年），秦昭襄王逝世，安国君嬴柱继位，史称秦孝文王，华阳夫人被册封为王后，嬴楚被立为太子。

然而，秦孝文王虽有满腔热血，却没有强健的身体。仅仅过了三天，他便撇下妻儿，一命呜呼。华阳太后强忍悲痛，联合文武重臣，迅速拥立太子楚登基，史称秦庄襄王。

秦庄襄王继位后，尊称嫡母华阳夫人为华阳太后，生母夏姬为夏太后，立赵姬为王后，嬴政为太子，册封吕不韦为相国，又封他为文信侯，赐给他河南洛阳十万户的食邑。凭借多年前那次无人看好的冒险投资，吕不韦摇身一变，丢掉商人的身份，成了秦国朝堂上一人之下、万人之上的显赫人物。

秦庄襄王元年（前249年），东周君联合几家诸侯，准备讨伐秦国。嬴庄襄王得知后，立即派吕不韦率军东进，抢先灭掉东周，囚禁东周君。至此，传承了八百年的周王朝正式灭亡。

转眼间四年过去了，秦国国力蒸蒸日上，吕不韦在朝中的地位与权势也日益壮大。正值壮年的秦庄襄王却忽然一病不起，很快就驾崩了，享年三十六岁。十三岁的嬴政被推上王座，由于年龄尚小，不能亲政，朝中的大小事务都交由仲父吕不韦处理。

吕不韦大权在握，经常出入宫廷，与太后赵姬关系密切。宫人们看在眼里，但都不敢说什么。秦王嬴政年少无知，还被蒙在鼓里。

时间久了，吕不韦见嬴政渐渐长大，不再随意出入宫廷。但为了讨太后开心，他将一个叫嫪毐（lào ǎi）的人送进宫侍奉太后。

这个嫪毐肆意妄为，靠着太后的荫庇被封为长信侯。那日，嫪毐和几个亲贵大臣喝酒，喝醉后更加得意起来，与人发生了口角，

2. 嬴异人上位

嫪毐瞪圆了眼睛大骂道:"我是秦王的养父,你们竟敢和我斗嘴?"

争吵的几个亲贵大臣听了这话,便都退了下去,回头就告诉了秦王嬴政。嬴政当时已在位九年,正是血气方刚的年纪,听到这种丑闻,顿时气不打一处来,当下就密令手下去调查这件事。

嬴政很快得到了密报,说嫪毐是个假阉人,实际上和太后有奸情。嬴政满心愤恨,恰巧这时有人举报嫪毐意图谋反,嬴政当即命昌平君、昌文君带兵缉拿。

嫪毐不甘心坐以待毙,于是聚拢了一批乌合之众,试图起兵反抗。结果,这些人连朵水花都没溅起来,便被汹汹而来的秦国正规军完全吞没。

叛乱失败后,嫪毐犹如丧家之犬,四处逃亡。嬴政悬赏百万钱,在全国范围内通缉他。

百姓们为了获得赏金,自发搜捕嫪毐,最终在好畤(zhì)将他擒住,随后押送到了咸阳。嬴政下令处死嫪毐及其党羽,并夷灭了他的父族、母族和妻族。

3. 秦始皇统一天下

嫪毐被五马分尸后，嬴政还不解气，把太后囚禁在了蕲（bèi）阳宫。至于之前送嫪毐入宫的吕不韦，也被罢免相位，赶去了河南养老。

许多大臣觉得秦王处罚母亲的手段过于残酷，纷纷上疏劝谏。秦王嬴政心中的怒火还没平息，如今看到群臣的谏书，更觉得愤恨难消，一连杀了二十七位谏官。

朝臣们吓得噤若寒蝉，再也不敢掺和秦王的家事。齐人茅焦却毫无畏惧，仍然在大殿上替太后求情。嬴政勃然作色，恨不得下令烹煮了茅焦。

茅焦见状，不仅不求饶，反而继续说道："大王幽禁母后、屠戮谏士，几乎比夏桀商纣还要残暴！若是天下人听到这个消息，势必背叛秦国。到那时，大王怕是只能做亡国之君了。"

嬴政一听，不由得惊起一身冷汗。他匆匆走下王座，扶起茅焦，诚恳地向他道谢。不久，嬴政将茅焦提拔为上卿，命他跟自己一起前往蕲阳宫迎回太后。

吕不韦移居河南一年多后，秦王收到消息，声称吕不韦与山东六国往来密切。嬴政担心吕不韦背叛秦国，于是写信申斥他："你为秦国立下的功勋，能与河南十万户的封地相匹配吗？你与秦王的

3. 秦始皇统一天下

关系,真的亲近到可以被称作'仲父'吗?如今你行为不检,还是赶快带着家人搬去蜀地吧!"

吕不韦看完信,心中惶恐不安。他思前想后,越发觉得日后处境危险,索性饮了一杯毒酒,自杀身亡。

七八年后,赵姬与华阳太后相继病亡。嬴政依循礼制,为她们举行了隆重的葬礼。

再说嬴政独掌政权后,行事手段雷厉风行。他调兵遣将多次东征,接连吞并韩、赵、魏、楚、燕、齐六国,实现了历代秦王一统天下的梦想。

始皇二十六年(前221年),秦帝国时代正式拉开序幕。秦王嬴政自认为德兼三皇、功过五帝,便取三皇之"皇"、五帝之"帝",合为"皇帝",并自称"始皇帝"。

定下帝号后,这位意气风发的始皇帝,打算干出一番空前绝后

的大事业。他马上召集群臣商议今后的为政举措，大臣们首先围绕国家体制问题产生了争论。

原来，丞相王绾等人认为旧属燕、齐、楚三国的疆域，距离咸阳太过遥远，理应派遣宗室王公前去镇守。廷尉李斯却据理力争："周王室分封的诸侯不可胜数，结果后来只知互相攻伐，引出绵延数百年的战乱。如今陛下坐拥海内，若是再用分邦建国的法子，岂不是要走周朝衰亡的老路？"

群臣无法辩驳，李斯则乘胜追击，继续发表自己的看法："分封制度已然落伍，不如划分土地，设置郡县，由陛下选派官吏进行治理。"

秦始皇深知郡县制的好处与分封制的弊端，欣然采纳了李斯的建议，命他率领一众官员开始着手划分全国的疆土。

经过李斯等人一段时间的精心筹划，天下被分成了三十六郡，大大加强了中央政府对各地的控制能力。这三十六郡包括：

内史郡	三川郡	河东郡	南阳郡	南郡	九江郡	鄣郡
会稽郡	颍川郡	砀郡	泗水郡	薛郡	东郡	琅琊郡	齐郡
上谷郡	渔阳郡	古北平郡	辽西郡	辽东郡	代郡	巨鹿郡
邯郸郡	上党郡	太原郡	云中郡	九原郡	雁门郡	上郡
陇西郡	北地郡	汉中郡	巴郡	蜀郡	黔中郡	长沙郡

郡之下又设立了一千多个县。秦始皇非常满意，当即选派才干突出的官吏，奔赴各地担任郡守、郡尉，还特别设置了监御史，负责监督各郡；又把稍逊色的人才下派到县内做县令、县长。郡守、县令手下的其他官员，则由他们自行选用。

地方行政机构安排妥当后，秦始皇连下数道命令，先将六国旧贵族和富豪强行迁徙到咸阳等地，进行集中管理；紧接着，他又下令把国内的关塞、堡垒全部拆毁，让有心叛乱的人没有险地

3. 秦始皇统一天下

可守；同时，秦始皇要求百姓上缴家中兵器，防止有人寻机起事。

各地郡守、县令严格执行皇命，一股脑儿收缴了重达数百万斤的铜质兵器，全部送去了咸阳。

当时，临洮县有人声称出现了十二位巨人。他们身高十多米，穿着少数民族服饰，无人知晓他们的来历。秦始皇认为出现了祥瑞，便根据巨人的体态相貌烧制模具，用熔化兵器所得的铜，铸成十二个各重二十四万斤的铜人，摆在宫门外，取名为"十二金人"。

"金人"铸好后，秦始皇觉得天下从此太平，生活日渐奢靡。他命工匠仿照六国宫殿中精美的样式，在咸阳北边的一大片空地上新建宫宇，把从六国搜刮而来的珍宝、美人分置各殿，时常前去游乐玩耍。一年后，又在渭南新建信宫、甘泉前殿，连通咸阳宫，建筑规模极为庞大。

各宫各殿虽然富丽堂皇，但游玩久了，难免心生厌倦。秦始皇静极思动，决定御驾巡游，并下令各地修筑供皇帝车马行驶的驰道。

这些驰道宽五十步，每一处都被铁锥敲打得严严实实，两边还栽满了青松，看起来赏心悦目。只不过，它们浸满了被奴役的百姓们苦累的血汗。

始皇二十七年（前220年）深秋，巡游准备工作终于完成。秦始皇闻讯，兴冲冲地下诏西巡。借着新修驰道的便利，大队人马先后出陇西、过北地，到达回中。

只可惜，一路上草木凋零，实在没有什么好景色。秦始皇没有了兴致，便早早地原路返回。

冬去春来，一抹绿色悄然挂满枝头。秦始皇游兴又起，领着文武百官浩浩荡荡地向东而行。一行人走了一程又一程，很快就来到齐鲁故地。

4. 始皇东巡

秦始皇远眺四方，目光落在了一座雄伟壮观的高山之上。

"那便是东岳泰山吗？"始皇帝问左右的人，他们纷纷点头称是。

秦始皇沉默片刻，盼咐道："朕曾听闻，三皇五帝但凡巡行东岳，势必封禅（shàn）。你们快去寻找知晓仪制的读书人，朕要举办一场封禅大典。"

左右官员领了旨意，赶紧四处走访，找来七十位满肚子学问的儒生。然而，自周王停办封禅典礼，至今已有七八百年。儒生们读书虽多，但也不清楚具体的仪式。秦始皇失望至极，索性自创了一套典礼。

第二天，大队工匠征夫率先从南麓出发。他们一路砍伐树木、移动土石，开辟出一条还算平整的山路。随后，秦始皇带着文武百官，徐徐赶到泰山之巅。

祭坛很快被搭建好了，摆上了祭具、祭品，秦始皇朝着天空祭告，并命人在石头上刻字记载此事。等到封礼完结，一行人沿着山北小路下来，前往梁父山举行禅礼。

不料，队伍走到一半，遇到了狂风暴雨。幸好山腰处有五株大松树，大臣和侍从们便急急忙忙护着秦始皇，一窝蜂地跑到树下

4. 始皇东巡

躲雨。

转眼间,雨过天晴。秦始皇抖了抖微湿的衣袖,指着五棵松树大笑:"哈哈!此松护驾有功,可封为五大夫。"

一段小插曲过后,众人匆匆赶到梁父山脚,举行了祭地的禅礼。

仪式结束后,丞相李斯亲自将早已想好的颂词写在石壁上,让石匠循着笔迹小心凿刻。秦始皇看着一行行歌颂自己功绩的篆字,得意万分。几日后,他雄赳赳、气昂昂地离开泰山,继续沿着渤海东行。

接连祭祀了山川八神后,秦始皇的銮驾改道向南,来到琅琊山。

琅琊山上有一处古台遗址,相传是越王勾践与秦、晋、齐、楚等国国君会盟时所筑。秦始皇得知古台来历,有些不服气:勾践偏居一隅,尚且有争霸之心,朕坐拥天下,难道还比不上他?

想到这儿,秦始皇再也按捺不住好胜之心,立刻令人清除残垣

雨避山下保秦封

断壁,以最快的速度在原址上新建一座更高、更大的琅琊台。

命令一出,可苦了平民百姓。琅琊郡一众官员征召了三万民工,日夜不停地运石、垒基、造台。

三个月后,一座高达数十米、雄伟壮观的琅琊台建造好了。秦始皇左看看、右瞧瞧,觉得如愿以偿,于是大肆封赏工役,还命他们举家搬到琅琊台下居住,并且免去十二年的劳役。

始皇帝督造琅琊台期间,从山上眺望开去,曾隐隐看到东海上出现美轮美奂的亭台楼阁,还有来往不绝的男女老少,但是转眼间又都不见了。始皇帝大吃一惊,忙询问左右的人这是怎么回事。

有些官员根据往日听到的零星传说,大胆揣测道:"说不定,那就是蓬莱、方丈、瀛(yíng)洲三座海上神山。"秦始皇心中一动,想起宋毋忌、羡门子高入海登仙的故事,满怀向往地说:"相传,三神山中有不死药。齐威王、齐宣王、燕昭王曾派人寻找,却都无功而返。朕今日亲眼所见,才知传言不虚。"

始皇帝突然长叹数声,接着说:"朕纵然贵为天子,也躲不开生老病死。唉,真是羡慕那些长生不老的神仙啊!"左右的人不知该如何劝解,只好闭口不说话了。

方士徐福听说了这件事,忙不迭地自我推荐:"陛下,我能够登上海外神山,为陛下求取仙药。"秦始皇很高兴,立刻拨给徐福数千名童男童女,命他率领船队,出海访求不死药。

徐福带着一行人扬帆起航。然而,一连过了好多天,徐福却一无所得。秦始皇询问缘由,他说:"臣已找到了神山,只可惜风向不对,始终不能靠岸。"

始皇帝暗自恼怒,却又抱着一丝希望。他思前想后,决定继续让徐福帮他寻仙访药,之后他就启程回都城了。

途经彭城时,始皇帝忽然想起曾祖父秦昭襄王将周王室所藏的

4. 始皇东巡

九鼎运回咸阳时,曾有一鼎不慎落入泗水。于是,他拿出不菲的赏金,就地招募熟悉水性的百姓,试图打捞周鼎。

千百个熟知水性的精壮汉子,"扑通""扑通"地跃入水中,他们忙活了许久,却找不到周鼎的半点踪影。秦始皇又白忙活了一场,气得喝退百姓,拂袖而去。

行抵湘山祠时,水面猛地刮起阵阵狂风,吹得满江舟船东摇西晃。幸好船身坚固,舵手老练,这才避免了船毁人亡的灾难。

待到风平浪静,秦始皇唤来侍从,追问湘君来历。几个人你看

看我、我看看你,都回答不上来。

一位博士站出来解释道:"湘君就是娥皇、女英,她们是帝舜的妻子。当年帝舜在苍梧山驾崩,娥皇、女英殉情而死。后人认为二女贤德,便修了湘君祠,四时致祭。"

　　秦始皇听罢，冷哼一声，喝道："皇帝出巡，百神开道。湘君若是真的贤德，怎敢惊扰圣驾？多半是山精野怪，假借湘君名义，盗取香火！来人，快给朕烧了这座破庙！"
　　左右见始皇帝动怒，急忙赶往本地官署传旨。地方官不敢怠慢，立刻调来三千名囚徒，将古祠与满山草木，一把火烧了个精光。

 前汉 | 5. 黄石公点拨张良

望着盘旋而上的乌黑烟柱，秦始皇总算出了胸中恶气，下令启程返回咸阳。

可是，刚过了几个月的安稳日子，秦始皇便又动了东巡的念头。文武百官不敢劝谏，只好遵命行事，跟着始皇帝向东巡游。

一日，队伍路过博浪沙。一柄大铁锤不知从哪个角落飞出，竟猛地击中御驾旁的副车。

随着一声巨响，队伍顿时乱作一团。秦始皇先是一惊，紧接着便稳住心神，传令士卒缉拿刺客。大队人马将方圆数里的沙丘、树林翻了个底朝天，却连个人影儿也没瞧见。

秦始皇闻讯，大发雷霆："一百多斤的铁锤，难不成是从天上掉下来的？那贼人定是趁着混乱，远远逃走了！"说完，他颁了一道圣旨，命令当地官吏仔细搜查。

大小官员唯恐受到牵连，全都打起十二分的精神，挨家挨户地走访调查。可那刺客就好像从未出现过似的，任凭差役们掘地三尺，也找不到半点线索。

秦始皇越发愤怒，索性传令天下，开展为期十天的全国大搜捕，各地官府接到诏令立即行动起来。

转眼间，十日之期已满，刺客仍旧逍遥法外。秦始皇也无可奈

何，只能暂时放弃追查这桩无头公案。

消息传开后，抛掷铁锤的大力士和策划刺杀行动的前韩国贵族张良都松了一口气。

又过了些日子，张良改名换姓，偷偷逃往数百里外的下邳避祸。等到风头过去，他才敢走出藏身的小院。

一天，张良独自出门，在城中四处闲逛，不知不觉间便登上一座石桥。

这时，一位拄着竹木拐杖的老翁，慢悠悠地走到张良身旁，故意把一只鞋丢到桥底，还很不客气地说："小子，快去把我的鞋捡回来。"

张良很不高兴，但见老翁白发苍苍，又不便发作，只好强忍怒火，去桥下把鞋捡了上来。

老翁坐在桥上，瞥了一眼张良，伸出脚继续吩咐道："小子，

5. 黄石公点拨张良

把鞋帮我穿上。"

张良只觉得又可气又可笑，心说："这老头儿难不成想要讹我？罢了、罢了，索性好人做到底吧。"

想到这儿，张良半跪在老翁身前，小心地把鞋套在了他的脚上。待鞋穿好，老翁也不言语，自顾自地起身下了桥。张良见老翁举止怪异，不免有些好奇，于是远远跟了上去。

走了一里多路，老翁好像背后长了眼睛似的，猛地转过身，对着张良哈哈一笑，嘱咐道："孺子可教！五天后的凌晨，你再来这座桥与我相见。"

望着突然变得仙风道骨的老翁，张良不敢怠慢，赶紧屈膝下跪，恭恭敬敬地答应了。

五日后，张良迎着东方微微亮起的鱼肚白，匆匆赶往与老翁约好的会面地点。

不承想，老翁竟早已在桥上等候。他见张良姗姗来迟，劈头盖脸地训斥道："年轻人与老人约会，怎么来得这样迟？哼！五天后再来见我吧。"张良自知理亏，不敢申辩，只得耐着性子回家等待。

很快，见面的时间再次来临。张良早早起床，伴着公鸡的第一声啼鸣，忙不迭地赶赴石桥，结果还是被老翁抢先了一步。

老翁嫌弃张良屡屡迟到，更加严厉地斥责了他，再度约定五日后见面。

张良乘兴而来，败兴而归。又过了五天，他不等天色完全暗下来，便顶着刚刚露出半张脸的月亮，满心忐忑地前往石桥赴约。等到了地方，张良见桥上空无一人，心中不禁松了一口气。

片刻之后，老翁拄着拐杖，不慌不忙地登上石桥。他走到张良面前，满意地说："年轻人请教学问，就应该来得早一些。"

话音刚落，老翁从袖中取出三卷兵法，郑重地交到张良手中，

说道:"你认真研读此书,将来能做帝王之师。"

张良惊喜万分,忍不住想要询问老翁的身份。老翁却坚决不肯吐露实情,只是随口叮嘱了几句,便潇洒地转身离去。

望着渐行渐远的老翁,张良深深鞠了一躬。从此,张良抛开琐事,潜心钻研兵法。

与此同时,秦始皇也结束了登基后的第三次巡游之旅,回到了咸阳。博浪沙遇刺所带来的阴影,始终在他的心中挥之不去。为此,秦始皇深居皇宫之内,再也不提出巡之事。

春去秋来,三年时光转瞬即逝。秦始皇耐不住对大千世界的向往,又打起了出宫玩乐的主意。为了确保安全,他还特意封锁消息,悄悄扮作平民模样,只带了四名侍卫在京畿一带游逛。

一日,秦始皇正在赶路,忽然听到道旁有一群人唱歌。那歌谣听着古怪,翻来覆去只有五句话:"神仙得者茅初成,驾龙上升入太清,时下玄洲戏赤城,继世而往在我盈,帝若学之腊嘉平。"始皇帝一时好奇,便向几位乡间老人询问歌中的寓意。

老人们从未见过秦始皇,只把他当作过路的异乡人,说道:"这首歌谣传自白日飞升的茅蒙,多半隐藏着得道成仙的奥秘!"

秦始皇痴迷长生不老,对神仙故事也颇为上心。回宫后,秦始皇学仙心切,当即便依着歌中末句的意思,下诏将腊月改为了"嘉平月"。

前汉 | **6. 焚书坑儒**

改了腊月的名称，秦始皇仿照汪洋大海，在咸阳东郊开凿了一座长二百里、宽二十里的巨大内湖，赐名"兰池"。为了增添几分仙气，他还征用大量工役，在池中垒石成岛、搭木为楼，取名蓬瀛；并选取巨石，雕刻出一头数百米长的石鲸，充作人造仙境中的守护神兽。

数月后，各项工程相继竣工。秦始皇处理完公事，常来兰池散心。尽管并无神仙相伴，但也能聊表慰藉（jiè）。

然而不曾料想，兰池竟渐渐变成盗匪藏身的乐园。由于贼寇行踪诡秘，守卫们并未发现兰池已经沦为贼窟。

一天夜里，秦始皇带了四个贴身武士，微服出行来到兰池。那伙亡命之徒不知始皇身份，竟趁着月色跳出来打劫。四名武士拔出利刃，拼死搏斗，直至砍倒数人，才将他们逼退。

秦始皇虽未受伤，但也受了不小的惊吓。回宫后，他大发雷霆，直接调动军队在关中搜捕暴徒。前后折腾了将近一月，始皇帝才慢慢平息怒火。

倏忽之间，一年飞逝而过。秦始皇偶然想起去年遇匪之事，不由得心生郁闷，心想若有仙术傍身，既能长生不死，又能预知未来，还怕什么凶徒？思前想后，他决定再次东游。

途中，燕人卢生借着求仙问道的名头，取得秦始皇的信任，还被派去东海寻找仙人羡门、高誓。

几天后,卢生率队返回,自称进了仙宫,见了仙人,并献上一卷所谓的"仙书"。秦始皇接过"仙书",迫不及待地逐字拜读。

书中文字不过数百,却都支离破碎,费解难懂。始皇帝看得头痛,又不肯放下,只得强打着精神继续翻阅。猛然间。他看到书中有一行字,竟是"亡秦者胡"!

秦始皇又惊又怒,下意识地想起了纵横草原的匈奴人——匈奴是北方胡人的一支,生性凶蛮,屡屡侵犯中原。始皇帝担心他们日后对秦朝不利,索性命大将蒙恬出师北伐。

蒙恬领了虎符,当即统率三十万大军,浩浩荡荡地杀出国境。匈奴人毫无准备,顿时落入下风,分头向草原深处逃窜。蒙恬一路追击,直至将水草丰美的河套地区纳入秦朝版图。不久又北渡黄河,攻占了阴山等地。

战后，秦始皇授意蒙恬在刚刚夺回的领地内划土分区，不仅重设九原郡，还在河套地区分置四十四个县，阴山等地分置了三十四个县。为防止匈奴人卷土重来，他又依托秦、燕、赵三国旧城，安排蒙恬督造一条西起临洮、东至辽东的万里长城。

过了段时间，秦始皇听闻匈奴头曼单于蠢蠢欲动，便令蒙恬暂时放下监造长城的差事，再度兴兵讨伐。始皇三十一年（前216年），蒙恬不负众望，连战连捷，打得匈奴人远遁沙漠，多年不敢南下骚扰。

平定塞北之后，秦始皇又打算征服岭南。

岭南山高林密，毒蛇猛兽横行，还有瘴气能轻易让人生病，不便于行军。秦始皇便下令让犯人们充军，同时从民间捉拿赘（zhuì）婿、商人充数，共得到了一二十万人，由秦将统领着南下。

南蛮人本来散居在山林中，又没有经历过什么战争，一看到秦军的大队人马便望风而降。数月之间，秦军就顺利平定岭南。

秦始皇下令在当地分设桂林郡、象郡和南海郡，命出征岭南的人留守此地，又从中原征调了囚犯、赘婿、商人迁居到此，人数达五十万之多。至此，秦王朝的触角深入塞北、岭南。

南北平定，秦始皇十分高兴，在咸阳宫内大办庆功宴。博士仆射周青臣等人趁势称赞始皇帝的文治武功，哄得他更加得意。

偏偏在这时，博士淳于越站了出来，公然唱起了反调："商、周两朝分封子弟、功臣辅佐天子，方能绵延千百年。如今大秦一统天下，皇室宗亲却不能镇守四方。若是日后发生田氏代齐那般的惨剧，国祚恐难长久。衮衮诸公不思劝谏，竟一味逢迎，怎么配做忠臣？"

满朝君臣正在兴头上，冷不丁地被淳于越泼了一盆冷水，脸色都不太好看。当年大力倡导郡县制度的李斯尤其不满，认为自己的权威与功业受到挑战，当即出面驳斥："陛下开创万世基业，难道

只能效法早已不合时宜的商周旧例？现在天下安定、法令划一，百姓安分守己，自能安居乐业。淳于越等诸多儒生，却故步自封、妄议朝政，真是罪大恶极！望陛下明察！"

秦始皇心中暗自叫好，表面上却做出一副不偏不倚的模样。淳于越讨了个没趣，灰头土脸地退了下去。李斯却觉得不解气，恨不得让妨害新政的酸腐儒生万劫不复！散朝后，他冥思苦想，连夜写好一份奏章。

奏章的大体意思是：不少刁民自恃学了儒、道、墨、名等各家理论，胡乱评说政事，妄议君主，全然不顾国家法度。臣恳请陛下下旨，除秦官记录的史书与博士官掌管的藏书外，集中焚烧民间私藏的百家著作与各国史书，并严禁百姓谈论《诗》《书》。

第二天清晨，李斯早早入宫呈上奏章。秦始皇拿着默默看了很

6. 焚书坑儒

久,最终一一照准。他依照李斯的建议,传令各郡各县:"一个月后,如果还查出有人敢藏匿禁书,或者拿着历史故事抨击时政,该杀的杀、该罚的罚,绝不可姑息养奸!要是有官吏知情不报,也一并治罪!"

郡守、县令们不敢违逆圣旨,全都铆足了劲,在各自辖区内搜查违禁书籍。百姓们不敢为了几册书顶风作案,只好流着眼泪,将家中藏书悉数交给差役。

不到三十天,全国范围内的私人藏书,几乎被焚烧一空。放眼天下,除了皇宫留存的各类全本典籍之外,也只剩下曲阜孔庙的墙壁夹缝里被人偷偷藏起来的数十部书,以及穷乡僻壤(rǎng)里还有几部残卷幸免于难。

7. 天降陨石预言

焚书过后不久，秦始皇征召数十万工役，建造气势恢宏的朝宫。前殿首先竣工，之后又陆续建起宫殿七百余所，连绵三百多里。

过了几个月，卢生忽然入宫觐（jìn）见，说了许多关于神仙鬼怪的遗闻逸事。始皇帝听得入神，不免又勾起了求仙寻药的兴致。

卢生揣摩秦始皇的心思，趁机说道："陛下求不来不死药，多半是有鬼祟作怪。臣听说一国之主想要求得仙术，必须超凡脱俗，就连居住的宫殿也不能让外人知晓。"

秦始皇一心求仙，竟然信了卢生的鬼话。不久，他在咸阳方圆二百里内建起二百多处宫观，彼此之间都用帷帐、甬道连接，生怕出行之时被人看见。

一天，秦始皇正在咸阳西北的梁山宫歇息，恰巧看到山下有一队人马经过，好似长龙一般蜿蜒（wān yán）数里。他面露不悦，询问左右，车主人是谁。

几名随从调查一番后回来禀告，山下那位前有护卫开道、后有差役随行，侍从不下千人的贵人，正是丞相李斯。

秦始皇听完汇报，脸色越发阴沉。他遥望着队伍中间的肩舆，冷冷地说道："丞相还真是威风呢！"

可没想到，秦始皇身边有人偷偷把这话报告给了李斯。李斯又

7. 天降陨石预言

惊又惧，立刻裁减了车队的规模。

过了几天，李斯乘车外出，又被秦始皇撞见。看着李斯的车队规模大不如前，始皇帝不仅不高兴，反而怒发冲冠。回宫后，他将前几日随侍的宦官、宫女通通逮捕，想要揪出那个泄密之人。

众人见皇帝双眼冒火，吓得三魂不见七魄，要么推说不知，要么胡乱指认，没有一人承认。秦始皇怒不可遏，索性把所有人一齐处死。

很快，消息传进了卢生的耳朵。他因为多次欺骗始皇帝，所以非常惶恐，于是偷偷找韩人侯生商量："皇帝独断专行，刚愎自用，满朝文武大臣，甚至连丞相都不敢忤逆上命。而且他重典治刑，动不动就杀人灭门，残暴无仁。近几年，你我二人借着访求仙药的幌子，暂时换了一场富贵。可一旦露了馅，我们的人头准得落地。依我看哪，不如趁着祸事还未上门，早早逃离这是非之地。"

侯生深以为然，当即与卢生匆匆逃出了咸阳。

秦始皇听到消息，忍不住勃然大怒："卢生、侯生平白得了那么多赏赐，竟然在背地里诽谤污蔑朕。他们尚且如此，其他方士、儒生可想而知！来人！将咸阳城中的方士、儒生全部收监，揪出那些妖言惑众之徒！"

秦始皇一声令下，犹如平地惊雷一般，顿时搅得满城风雨。方士、儒生们受了无妄之灾，纷纷喊冤叫苦。然而，御史、差役们有心讨好始皇帝，强行对诸生用刑。众人挨不住酷刑，招出许多子虚乌有的罪状。

秦始皇正在气头上，也不管供状是真是假，当场下令将四百六十多个方士、儒生悉数坑杀。

公子扶苏得知后，入宫劝阻秦始皇。但秦始皇根本不听，还将公子扶苏贬出咸阳，让他前往北方边境，协助蒙恬督造长城、直道，

为他北巡做准备。

始皇三十四年(前213年),一颗陨石从天而降,坠落在东郡境内。人们走近察看,发现石上刻着七个字:始皇帝死而地分!

东郡郡守不敢隐瞒,火速将消息送至咸阳。秦始皇接到报告,坚持认为有人故意诅咒自己,因此将陨石周边百姓全部屠戮。事后,他又吩咐博士创作了不少咏唱仙人的诗歌,交由乐工弹唱,以此来祈福消灾。

转眼之间,草木枯黄,秋天到了。某日夜里,一位使臣途经华山,突然被神秘人拦住。那人递给使臣一块玉璧,说道:"今年祖龙当死!你替我将玉璧转交给滈(hào)池君。"

使臣觉得诧异,正想问个清楚,但身前早已空无一人。他心生恐惧,赶紧带着玉璧赶回帝都面圣。

秦始皇搞不清缘由,只能故作镇定:"那怪人大概是华山脚下

7. 天降陨石预言

的山鬼，胡乱编了些荒唐预言，不必理会。"等使臣走后，他却皱起了眉头，嘴里还自言自语："'祖'应是'始'，'龙'又是帝王象征。那'祖龙当死'，莫非真的会应在朕的身上？"

但片刻之后，秦始皇定了定神，自我安慰道："朕的祖先也曾为王，如今早已崩逝，'祖龙'自然是指他们。朕也是糊涂，居然为了这等荒谬言论劳心费神，真是不应该啊。"

随后，秦始皇命人将玉璧送去御府。府中值守的官吏认出那块玉璧是八年前祭祀水神的礼器，当即向始皇帝言明情况。

秦始皇听了这话，刚刚藏进心底的疑虑再次浮上心头。他越想越觉得不对劲，便将专门预测吉凶的太卜召进了宫。

前汉 | 8. 始皇暴毙

太卜听了前因后果,立刻拿出几片龟壳卜算,但结果并不明朗,太卜只好说:"从卦象来看,巡游、迁徙最是吉利。"

秦始皇信以为真,一面安排三万家内地百姓迁往黄河北岸的榆中一带,一面计划明年出巡。百姓们都不愿背井离乡,但又不敢抗旨,只能忍痛含悲,踏上迁徙之路。

始皇三十五年(前212年)正月,秦始皇见近来无病无灾,便打算巡行天下。

诏命下达后,左丞相李斯、中车府令赵高等人立即筹备出行事宜,右丞相冯去疾与公子胡亥等人则负责留守帝都。

然而,胡亥刚刚成年,也想见识京外的广阔世界,于是三番五次地向始皇帝上奏请求随行。秦始皇本就疼爱幼子,又被他那些颇具孝心满满的说辞打动,便高兴地答应了。

一路上,秦始皇游山玩水,先至云梦泽、九嶷山,又过钱塘江、会稽山,继而望祀南海,在海边立石刻颂。之后,又转道北上,再次临幸琅琊。逗留期间,秦始皇召见徐福,向他询问访求仙药的进度。

徐福年年领取大笔钱财,却无半点成绩,内心惶恐不安。等见到始皇帝,他便信口胡诌:"海中有大鲨鱼,时常兴风作浪。大秦的海船虽然坚固,但也不是对手。依臣看来,若是想求得不死药,

8. 始皇暴毙

必须挑选弓弩手随船出海,除掉那些拦路的巨鲨!"

秦始皇素来迷信鬼神之说,因此没有半分怀疑。他亲自带领数百名精锐士卒前去射杀巨鲨,果真杀死了一条大鱼,于是再次命徐福抓紧时间出海求药。

徐福领了皇命,带着三千名童男童女上船,还装载了许多粮食物品,便向东航行而去。

不知过了多久,船队抵达一处草木茂盛的岛屿。徐福这时才向大家坦言,他求不来不死药,回去只会死路一条,所以决定留在岛上,还让所有人跟他一起留下来。

众人都担心空手而归会遭到始皇帝的严惩,便都同意了,他们在岛上繁衍生息。千百年后,相传有人在日本境内发现了徐福古墓。

而就在徐福远遁海外、垦荒耕种的时候,秦始皇仍在琅琊苦苦等待,只是左等右等,都不见船队的踪影。不得已,他只好带着满

心不甘踏上归程。

一日,銮驾行至平原津,秦始皇突然觉得身体忽冷忽热,白天倒还能勉强支撑,入夜后却难受得连觉也睡不安稳。随行医官开了许多剂药,病情不仅不见好转,反而越来越严重。

眼看着秦始皇越发虚弱,李斯催促人马全速赶路。一行人昼夜兼程,来到沙丘附近。然而就在这时,秦始皇的病情再次恶化。弥留之际,他召见李斯、赵高,命二人草拟诏书,并嘱咐他们尽快迎回扶苏。

片刻之后,秦始皇睁着双眼,溘然长逝。

李斯担心秦始皇驾崩的消息传出后,引发内外混乱,因此秘不发丧,只是催促赵高将诏书寄往边关。可赵高早年与蒙恬的弟弟蒙毅结仇,又不受扶苏信任,竟私自扣下诏书,打算拥立胡亥为帝。

起初,胡亥并不肯与赵高同流合污,还狠狠地驳斥了一番。可赵高教导胡亥多年,十分了解他,只说了几句歪理,就哄得他回心转意。

接着,赵高又找到李斯,说道:"陛下骤然驾崩,外人还不知晓。未来该立谁为太子,全在君侯与小人的一念之间。"

李斯听了,低声喝道:"你真是大胆,竟敢说这种掉脑袋的话!"

赵高微微一笑,并不理会李斯的责骂,反而不慌不忙地说道:"君侯先听听小人的话,再发怒也不迟。第一,君侯的才能比得上蒙恬吗?第二,君侯的功绩比得上蒙恬吗?第三,君侯的谋略比得上蒙恬吗?第四,君侯的声望比得上蒙恬吗?第五,君侯与皇长子的交情比得上蒙恬吗?"

一连五个问题,问得李斯哑口无言。赵高见状,赶紧趁热打铁:"皇长子与蒙恬来往密切,他一旦继位,必然提拔蒙恬做丞相。到那时,君侯怕是连富家翁也做不成吧?"

8. 始皇暴毙

李斯心生恐惧，但仍然强撑着不愿屈服："我本是一介布衣，幸得陛下重用，才有机会封侯拜相。陛下临终之前将国家大事托付给我，我怎么能为了个人安危，做出不忠不义的事情来呢？"

赵高擅长揣摩人心，从这些冠冕堂皇的说辞中，便断定李斯已经乱了方寸。于是，他转变策略，阴狠地威胁道："我已决定拥立公子胡亥，君侯若是不识好歹，恐怕会祸及子孙哪！"

听了这番赤裸裸的恐吓，李斯越发觉得不安。沉默片刻后，他仰天长叹："陛下不负臣，臣却要负陛下了！"赵高见李斯已然答应，便笑着告辞了。

不久，赵高伪造遗诏，先将胡亥立为太子，而后准备赐死扶苏、蒙恬。李斯虽于心不忍，但一想到李氏一门的荣华富贵，便只是躲在一旁装聋作哑。

9. 扶苏自杀

假诏书发出后,赵高、李斯继续封锁秦始皇驾崩的消息。然而,当时暑气还未消散,始皇帝的尸体很快就腐坏发臭。赵高不敢暴露实情,便往每辆车上装了一石鲍鱼。一时间,腥臭味盖住了尸臭。

为了避免夜长梦多,他们昼夜兼程,一路经由井陉、九原,总算赶在事情露馅之前回到了咸阳。与此同时,胡亥派出的心腹带着扶苏自杀、蒙恬被拘的消息回来了。

原来,扶苏接到假诏书和御剑,便哭着回到房间,打算自行了断。蒙恬慌忙赶来,劝谏道:"陛下若是不信任公子,怎么会让您协助臣镇守边疆呢?如今只凭一道真假难辨的诏书,就要让公子自杀,岂不是荒谬!"

听完蒙恬的一番话,扶苏也不由得心生怀疑。使者见此情形,急得连番催促:"公子如果忤逆陛下,那就是不忠不孝!"

扶苏向来为人仁厚但又软弱,竟被使者说得心灰意冷,当即拔剑自刎。蒙恬来不及阻拦,眼睁睁看着扶苏倒在血泊中。

接着,使者又将矛头对准了蒙恬:"公子已经自刎,将军还要顽抗吗?"

蒙恬一言不发,只是杀气腾腾地瞪了使者一眼。他收殓了扶苏的尸体,将兵符交给副将王离,然后自己走进了阳周狱。

9. 扶苏自杀

赵高、李斯从使者那里得知消息，如释重负，这才公布秦始皇的死讯，并着手安排胡亥的登基仪式。文武百官以为是始皇遗命，没有一人反对。

胡亥成功坐上龙椅，史称秦二世。秦二世对"劳苦功高"的赵高十分感激，他下令将恩师提拔为随侍自己左右、执掌宫廷侍卫的郎中令。

赵高做了高官，立即寻机报复蒙毅，将他关押在代地大牢。

但赵高对此并不满足。尤其是听说二世准备释放蒙恬、蒙毅后，他更是不遗余力地跑去进谗言："先帝在位时，本想立陛下为太子，只因蒙恬、蒙毅从中作梗，才让扶苏钻了空子。现如今，扶苏自刎而死，蒙氏兄弟怎能不心生怨恨？陛下，您若是免了他们的罪行，只怕会养虎为患啊！"

二世越听越气，下令要处死蒙恬、蒙毅。这时，扶苏的儿子子婴站了出来，说道："自古以来，君王诛杀功臣都会动摇社稷根基。蒙氏兄弟对大秦立有大功，万万不可杀害他们啊！"可二世皇帝根本不听，坚持派御史曲宫前往代地处决蒙毅。

蒙毅不甘心引颈受戮，试图向曲宫申辩。可曲宫早已被赵高收买，竟趁着蒙毅不备，一剑杀死了他。

接着，二世又派使者赶往阳周，逼迫蒙恬服毒自杀。

很快，蒙氏兄弟含冤被杀的消息传遍四海，各地百姓都为他们鸣不平。只有赵高因为报了仇，很是高兴。

转眼间，冬去春来，二世已做了一年的皇帝。这一天，他宣赵高入宫，提出想要效仿秦始皇巡行天下。赵高素来善于逢迎，他极力附和秦二世。于是秦二世终于下定决心出巡。

沿着始皇帝曾走过的路线，二世巡游经过碣石、会稽、辽东等地。

数月之后，秦二世心满意足，率领大队人马返回咸阳。可没过

多久,京城内渐渐传出一些与扶苏自杀有关的小道消息,不少皇室成员也在暗中讨论。

秦二世非常不安,赶紧向赵高寻求帮助。赵高平日里受尽了百官的冷眼,如今等到了机会,自然乐得落井下石。他有条不紊地说:"朝中大臣仗着自己或者父辈的功勋,整日作威作福。陛下如果想一劳永逸,就该尽早清除掉目中无人的勋贵大臣,再重新选用一批贫贱子弟为官。到那时,满朝文武只知忠君爱国,陛下也就没有后顾之忧了。"

(秦二世听完满是赞许,当场表示:"这主意不错,朕理应照办!"

过了几日,秦二世与赵高编造了莫名其妙的罪名,将一些公子王孙、勋臣贵戚统统拘捕,并越过主管司法的廷尉,直接交由赵高主审。

9. 扶苏自杀

  赵高一朝得志,全然不顾犯人的身份地位、国家的法律条文,把十几位王室公子打得死去活来。时间久了,众人熬不住酷刑,只好随口招认。

  然而,赵高唯恐公子们的罪行不够大、不够多,竟然又凭空捏造了很多罪名扣在他们头上。之后,他又借机把自己的仇人、竞争对手一股脑地关进了大牢。

10. 倒行逆施秦二世

赵高狐假虎威,在朝中陷害无辜,秦二世不仅不加以制止,反而乐得与他狼狈为奸。二世皇帝拿着赵高呈上来的供状,下令将十二位公子以及涉案的官员,悉数押赴市曹处斩。紧接着,二世又把十位公主赶到杜陵,任由武士将她们乱棍打死。

二十多位公子、公主惨死后,皇室成员人人自危。公子将闾等兄弟三人秉性忠厚,却也无辜被囚禁。没过多久,秦二世派遣了一位使者,逼迫将闾等三位公子自尽。三人仰天喊冤,最终带着满腔的怨恨拔剑自刎。

眼看着兄弟姐妹接连被害,公子高陷入无边的绝望之中。为了不连累妻儿,公子高左思右想,最终含泪给二世写了一封绝笔信:"先帝生前对臣恩宠有加,时常赏赐衣食和珍宝。如今先帝驾崩,臣身为人子,自该为父殉葬。请陛下恩准!"

信不长,却句句恳切。就连秦二世读了,也不禁感慨万分:"他主动求死,倒也替朕了了一桩心事。既然他如此识趣,朕照办就是了。"然而,又转念一想:"嬴高送来这封信,不会有什么阴谋诡计吧?"

于是,二世赶紧召见赵高,想要听听他的建议。

赵高笑着说:"公子高正担忧自家人的性命,怎么敢算计陛

10. 倒行逆施秦二世

下呢?"

二世觉得赵高言之有理,又变得高兴起来,当即下诏:"嬴高孝心可嘉,赐钱十万,充作丧葬费用。"并派人前去宣旨。

公子高见木已成舟,不再抱有任何幻想。他整理好衣襟,与家人一一诀别,而后服药自尽。

秦始皇的三四十个子女都被秦二世杀死了,二世自认为从此就可以高枕无忧,开始纵情享乐。他征募无数役夫赶修阿房宫,募选了五万勇士入宫担任护卫,还豢养了大量的珍禽异兽以供他随时观赏。

时间一长,咸阳所产的粮食严重供应不足。秦二世便下令向全国各郡县强征米粮。除此之外,二世还要求各地押送粮草的人员自备干粮,不准他们在咸阳周边三百里内购买一粒米谷!

种种暴行惹得天下百姓怨声载道。可二世皇帝不但不知收敛,还变本加厉。六国旧贵族见状,个个摩拳擦掌,随时准备夺回被嬴秦抢走的疆土。

暗流汹涌之际,一个叫陈胜的农夫率先在大泽乡揭竿而起。

陈胜出生阳城,自幼家贫,长大后只能以替人耕田为生。不过,他虽身份卑微,理想却很远大。

有一天,陈胜与一帮雇工在田间耕种。傍晚时,他坐在田埂上对众人说:"等我以后富贵了,一定不会忘记你们这些兄弟!"

大家伙都觉得陈胜累昏了头,纷纷调侃:"咱们天天在土里刨食,恐怕只能去梦里发达了吧?"

陈胜望着天,长长地叹了口气:"唉!燕雀怎么能知道鸿鹄的志向呢?"说完,他拍了拍裤腿上的泥土,牵着老黄牛回家去了。

二世元年(前209年)七月,阳城县令选派九百名民夫前往渔阳戍守边疆。陈胜因身材高大,与阳夏人吴广一道被任命为屯长,

协助两名将尉管理众人。

一行人日夜兼程,没几天就来到了大泽乡。可就在这时,一场暴雨骤然而至。大泽乡地势低洼,很快就沦为了一片泽国。陈胜等人不敢冒雨赶路,只能就地驻扎。

转眼间,大雨已经持续了数日。陈胜算了一下剩余时间和行进速度,发现队伍根本不可能在预定期限赶到两千里外的渔阳。一番思考过后,他暗自拿定主意,决定趁机造反!

陈胜找到吴广,对他说:"大泽乡与渔阳相距数千里,照眼下这种情况来看,咱们一定不能按时抵达。按照秦律的规定,逾期当斩!你我二人的头颅,难不成就要这样没了吗?"

吴广听了这话,冷汗一下就冒了出来。他压低声音说道:"陈胜,咱们快点逃吧,说不定还能保住一条小命。"

陈胜见吴广不愿乖乖等死,心中便有了计较。他继续说:"咱

10. 倒行逆施秦二世

俩人生地不熟，能跑到哪去呢？更何况，就算你我侥幸逃出了大泽乡，也躲不过官府的追捕啊！"

吴广越听越绝望，赶紧反问了一句："留也不是，逃也不是！那你说，咱们该怎么办？"

陈胜自信地笑了笑，这才将心中的真实想法和盘托出："既然左右都是一死，那索性就招兵买马，和朝廷真刀真枪地打一场！如果赢了，咱哥俩可就有享不尽的荣华富贵啦！"

11. 陈胜吴广准备起义

看着霸气外露的陈胜，吴广再三思虑，最终决定加入这场豪赌！

陈胜非常高兴，立刻同吴广商量造反的细节："公子扶苏身为始皇长子，仁爱温和，一心为民，自当是众望所归的新君。谁知半路杀出一个胡亥，既无资历又无品行，靠着阴谋与杀戮，杀了长兄自立！天下百姓虽替扶苏惋惜，但未必知道他的真正死因。另外，前楚大将项燕战功彪炳，爱兵如子，一直深受楚人爱戴。秦楚交兵时，项燕不幸战败。有人说他在军中自杀，也有人说他隐居山林。我们如今起事，借用这两人的名义，必定会有很多人群起响应。"

吴广听着在理，当即表示赞同。但他觉得事关重大，最好先占卜一下凶吉。两人便来见占卜人。

占卜人见陈胜、吴广神色匆匆，料定二人必有重要心事，便仔细询问来意。可陈胜、吴广要干的是掉脑袋的勾当，哪敢吐露实情，只能含糊答了几句。占卜人也不深究。一番推演之后，占卜人让陈胜、吴广去向鬼神寻求帮助。

两人满头雾水，最后还是陈胜聪明，明白过来："楚人崇信鬼神，占卜人多半是在教我们假托鬼神行事呢！"

吴广恍然大悟，可很快就有了新的疑问："那应该怎么做呢？"

陈胜沉吟片刻，附在吴广耳边轻声说了几句话。吴广频频点头，

11. 陈胜吴广准备起义

一抹喜色也渐渐爬上眉梢。

当天夜里,陈胜独自溜出营门,寻了一户渔家,往一尾大鱼口中塞了块布条。等到大鱼把布条吸进腹内,他才悄悄返回营房。

第二天上午,渔民带着鱼虾到营外兜售。陈胜听到叫卖声,故意吩咐部卒去买鱼做菜。

鱼买回来了,伙夫杀鱼做菜,结果从鱼肚子里找到一块布。他打开一看,发现上面写着"陈胜王"三个字。

很快,消息传遍军营。所有人都拥到厨房,争相传阅布条。

陈胜在一旁观察,等动静闹得大了,便站出来喝退众人:"全都聚在这儿议论什么?不怕朝廷治罪吗?"士卒们顿时如鸟兽散。

入夜后,大家仍在议论白天发生的奇事。忽然,一阵好似狐嗥的古怪叫声从营外传来。仔细一听,竟像是在说:"大楚兴!陈胜王!"

众人仗着人多,一窝蜂地拥出去探查情况。借着微弱的月光,他们隐约看到西北方向有几间古祠。祠外草木丛生,不时还能见到一团跳动的火光。众人以为遇到了狐仙,急忙飞奔回营,还紧紧关上了帐门。

第二天,部卒们又惊又怕,全都在窃窃私语。吴广悄悄来找陈胜,将昨晚假扮狐狸嗥叫的情形,以及今早众人的反应,一一做了汇报。

陈胜哈哈一笑,拍着吴广的肩膀,说道:"世人愚昧,肯定会对狐鸣鱼书深信不疑。兄弟,咱们辛苦演了这么多戏,总算没有白费功夫啊!"

吴广也十分开心,但担心随队监督的将尉有所警觉。陈胜却胸有成竹地说:"他们整日里喝酒,醉得不省人事,哪能发现我们的秘密?"

又过了几日,陈胜、吴广认为时机已然成熟,便趁着将尉酩酊大醉，闯入二人的营帐，故意挑衅道："今天下雨、明天下雨，也不知道什么时候才能停。与其超过日期受罚，还不如各回各家！"

将尉勃然大怒，摇摇晃晃地站起身，骂道："大、大胆！谁、谁敢跑……我、我就砍了谁！"

吴广丝毫不怕，反而冷笑着嘲讽了几句："您二位奉命监督，一旦出了差错，不也是任人宰割吗？"

将尉气得火冒三丈，"唰"的一声拔出佩剑，晃悠悠地砍向吴广。谁知吴广一脚踢飞将尉手中的铜剑，而后顺手捡起，转身一挥，一剑杀死了将尉。

另一名将尉见同伴被杀，拔剑冲向吴广。吴广手持利剑，左右格挡。两人交战一两个回合，陈胜突然绕到将尉背后，一剑刺杀了他。

11. 陈胜吴广准备起义

杀死两名将尉后，陈胜、吴广立刻召集部卒，大声说道："我们在大泽乡耽搁得太久，已经不能按时抵达渔阳。按照秦国律法，所有迟到的人都得被砍头！况且，北方天寒地冻，胡人又残忍嗜杀，即便我们不被官府斩首，也未必能活到明年。诸位都是大丈夫，难道想这么窝窝囊囊地死去吗？我们就不能得到名望与富贵吗？王侯将相，宁有种乎！"

戍卒们听了陈胜、吴广一番慷慨激昂的讲演，又得知两位将尉已死，纷纷表示愿意追随他们起义。

# 12. 大泽乡起义

陈胜、吴广非常高兴，立马搭建祭坛，竖起一面"楚"字大旗，与九百名屯边戍卒在旗下饮酒立誓，约定一同起事。

陈胜站在祭坛上，高声宣布："从今往后，我担任将军，吴广为都尉，诸位便是我大楚的开国功臣！"

台下的人顿时就像打了鸡血一般，他们袒露着右臂，冲着陈胜高呼："大楚！大楚！大楚！"

接着，陈胜以扶苏、项燕的名义，发布讨秦檄文，率军杀奔大泽乡。

乡中分管教化、诉讼的三老、啬（sè）夫听说有人造反，根本顾不上调查，就四散而逃。其他人生怕遭了兵灾，也撇下田舍、家当，慌慌张张地逃往了外地。

陈胜几乎没费一兵一卒，便占领整个大泽乡，还缴获了大批农具。于是，这群原本赤手空拳的士兵，扛起了铁耙，提起了锄头，战斗力大大增强。

忙碌了几日，军容渐渐严整。恰巧这时，雨收云散，太阳出来了。明媚的阳光照耀大地，将连日来的阴霾一扫而空。水都退了，道路也变得干燥。

各处的亡命之徒见了这般情形，都认为陈胜是天命所归的真龙

天子，陆续赶来投奔。陈胜的底气因此越发充足，当即命令军队直扑蕲（qí）县。

蕲县不是险要之地，平时没有什么战事，当地的官吏、士兵既无经验又无勇气。大楚军刚刚出现在县城附近，他们就收拾了细软，各自逃窜。剩下的平民百姓无处可逃，只能举手投降。

陈胜兵不血刃，便轻松控制住了蕲县，不由得信心暴增。没过多久，他命符离人葛婴领兵攻略蕲东诸县，自己则率军西进。

两路大军势如破竹，接连攻克铚（zhì）县、酂（cuó）县、苦县、柘县、谯县，并收拢了六七百乘战车，一千多名骑兵和数万名步卒。

过了几日，陈胜听闻陈县县令外出，便趁着城内群龙无首，大举进攻。

留守的县丞硬着头皮，组织了数百兵马出城迎战。不料，双方实力过于悬殊。刚一交战，守军便节节败退。

大楚兵见秦卒不堪一战，气势愈加凶猛。他们如同饿狼一般，死死咬住眼前的每一名敌人。守兵招架不住，很快就倒了一大片。幸存者被眼前的惨烈场景吓破了胆，纷纷丢下武器，无头苍蝇似的四处乱跑。

县丞见兵败如山倒，慌忙奔回城内。大楚军随后追上来，冲开了城门。县丞退无可退，不得不拼死力战。只可惜，他虽有几分胆气，却敌不过从四面八方涌来的刀枪，不一会儿便被杀死。

占领陈县后，为了防止士兵肆意劫掠，陈胜、吴广制定了严格的军纪军规。与此同时，两人又安排专人在城中张贴告示，大肆宣传"伐暴秦，救百姓"。

几日后，陈胜召集三老与一众豪杰议事。众人闻风而至，先是大肆夸赞了陈胜和大楚军的功绩，然后齐声建议："将军重建楚国，理应尽早称王。"

  这几句话，正中陈胜的心思。可他不好直接应允，便假意推让。三老和各位豪杰再三劝进。陈胜正要答应时，忽然听到卫兵在门外报告："将军，张耳、陈馀求见。"

  "张耳？陈馀？"陈胜有些惊讶，对房内众人说道："这两人是魏国名士，被秦廷通缉多年，不想今日竟来见我。"他立即吩咐左右将张耳、陈馀请进大堂。

  双方见了面，互相行礼表示敬佩之情。等到宾主坐定，陈胜兴冲冲地同张耳、陈馀谈论近来军情，并就称王一事向两人征询意见。

  不料，张耳听了之后，竟毫不犹豫地予以反对："暴秦无道，早已被百姓厌弃。将军不顾生死，首举义旗，真称得上是天下人的楷模。如今，将军占领了陈县，若是就此领兵直取咸阳，同时扶立六国后人，定能成就帝业，何必为区区王号浪费精力呢？"

  陈胜越听越不是滋味，原本脸上洋溢的笑容也慢慢消失。

12. 大泽乡起义

这时,陈馀又接着说道:"将军如果有定国安邦的大抱负,就不要过早称王,以免引起天下人非议。"

陈胜听了这话,脸色越发阴沉。沉默许久后,他深呼一口气,说:"这些事以后再议,两位先去休息吧。"

张耳、陈馀觉得与陈胜话不投机,本不愿多待。只是二人被人通缉,不便远行,这才勉强留下做了军中参谋。

13. 陈胜自立为王

过了一段时间,陈胜最终在陈县自立为王,定国号为"张楚"。没过多久,他又封吴广为假王,命他率军攻取荥阳。

张耳、陈馀在陈县住得并不安生,眼下见兵将调动频繁,便以献计为名怂恿陈胜:"张楚精兵,大多集中于魏楚一带,对赵地却无暇顾及。臣早年游历河北,对那里的山川地势、风土人情颇为了解。要是大王不嫌弃,臣愿带兵北上,将张楚的旗帜插满赵地。"

陈胜听着心动,只是对张耳、陈馀不太放心。经过一番思量,他决定任命武臣为主将、邵骚为护军,再让张耳、陈馀以校尉身份从旁协助。张耳、陈馀只想尽快离开陈县,所以顾不上抱怨官职大小。

数日后,一支张楚军渡过黄河,逐渐深入赵地。每到一县,武臣等人都会张贴招安告示,试图从内部瓦解秦政府的抵抗力量。

各地豪杰本就对秦朝越发严苛的政策不满,一看有人带头反秦,自然乐得响应。在他们的配合下,张楚军不费吹灰之力,便接连拿下了十多座城池。

眼看着张楚军的势力越来越大,范阳县令徐公忧心忡忡。为了抵御反贼,他大肆招兵买马,修缮兵器,加固城防。

正在这时,辩士蒯(kuǎi)彻忽然登门拜访:"我听说大人将死,特意赶来凭吊。不过,您要是肯听我一言,生死逆转倒也不难。"

徐公听了先是一惊，然后冷冷地说道："有话直说，没必要故弄玄虚。"

蒯彻微微一笑，接着说："大人为官十余载，奉行严刑峻法，毁了无数家庭。等到张楚大军兵临城下，城中百姓多半会将您千刀万剐吧。"

徐公一听这话，脸色瞬间大变。蒯彻见对方方寸大乱，便毛遂自荐，主动出城游说武臣。

张楚诸将近来正四处招揽豪杰名士，听说蒯彻到来，立即请入相见。

蒯彻趁此机会，力劝武臣赦免范阳令："将军之前攻城陷阵，常常不留活口，各地官吏、士兵往往负隅顽抗。所以从长远来看，将军不仅不能杀徐公，还应该给他封官晋爵。只有这样，燕赵官民才会相信张楚军善待俘虏，从而放弃抵抗，主动归降。"

武臣彻底被蒯彻说服，马上命人刻好侯印，然后请蒯彻转交给范阳县令。

徐公得到侯印大喜过望，立即打开城门，欢迎张楚军入城。其他郡县长官见状，纷纷效仿。不到一月工夫，就有三十多座城池望风而降。

很快，张楚军攻克邯郸县，将燕赵大半疆土收入囊中。张耳、陈馀认为时机成熟，便撕破伪装，鼓动武臣脱离张楚。

武臣如今羽翼渐丰，不甘心久居人下，于是与张耳、陈馀一拍即合。二世元年（前209年）八月，他在邯郸城外搭建祭坛，登基称赵王，册封陈馀为大将军，邵骚、张耳为左、右丞相。

陈胜得知武臣建国称王，一时间暴跳如雷，恨不得立马将他的家属通通处死。

上柱国蔡赐听说后，担心这会迫使武臣倒戈相向，立刻动身入

宫,向陈胜进言:"周文将军奉命攻打咸阳,虽已进了函谷关,但也遇到了不小的阻击。如今武臣独立,大王不如暂且安抚,再催促他派兵攻秦,也好缓解周文将军的压力。"

陈胜觉得确实有理,只好强忍怒气,派使者入赵祝贺。

但陈馀、张耳一眼便识破了陈胜的意图,还暗中警告武臣:"陈王忌惮大王,绝对不会真心道贺。依臣来看,陈王多半是打着先灭秦再灭赵的鬼主意!等把那些使者打发走,我们就全力向外扩张。日后,赵国如果能北收燕代、南取河内,就再也不用怕张楚打压了。"

武臣听得频频点头,当即按照张耳、陈馀的建议,先送走了张楚使团,然后派韩广、李良等人分兵攻打北方各郡县。

周文左等右等,也等不来赵国援军,只能独自对付秦军。

早些时候,赵高把持朝政,将各地战报统统扣留。二世皇帝自以为天下太平，只管在宫中享乐，并不用心剿贼。但随着张楚大军节节逼近，警报如雪片一般飞进咸阳。赵高又惊又惧，不得不据实禀报。

秦二世得知真相，顿时吓出一身冷汗。他本想御驾亲征，却发现一众猛将早已被杀得七零八落，各地兵卒也难以迅速集结。

关键时刻，少府章邯挺身而出："臣愿率领骊山囚徒，舍命杀贼，绝不让敌寇踏进咸阳半步！"

二世皇帝喜出望外，当场封章邯作将军，命他训练新军，负责对张楚作战。

章邯领了圣旨，立刻赶赴骊山挑选丁壮。经过一番整治，几十万囚徒被编为前、中、后三军，如出笼猛虎一般向着张楚军发起反攻。周文难以招架，连战连败，没过多久就被赶出了函谷关。

秦人得知章邯大发神威，全都如释重负，自以为能过几天安生日子。可不到一个月，新一轮的战火就从东方燃起，并以燎原之势席卷全国。

14. 刘邦斩白蛇

在诸多刚刚崛起的义军首领中，出身沛县丰乡阳里村的刘邦最具传奇色彩。

刘邦的父亲名叫刘执嘉，母亲叫王含始。相传，王含始有一次因事外出时，曾在一处大泽休息。半睡半醒之间，她隐约看到一位金甲神人从天而降，当场便吃惊得昏了过去。

片刻之后，乌云突然布满天空。耀眼的闪电伴着"隆隆"的雷声，在云层中不断翻腾。刘执嘉抬头望了望天，担心妻子半路淋雨，就带着雨具出了门。走了没多久，他忽然看见远处大堤上躺着一个人，那个人的上方云雾缭绕，似乎有蛟龙盘旋。

不一会儿，蛟龙驾云而去，太阳也重新将温暖洒向人间。刘执嘉见云收雾散，这才壮着胆子上前察看。走近后，他仔细一瞧，却发现堤上卧着的人竟是自己的妻子。

刘执嘉急忙唤醒了还在昏睡的妻子。等她慢慢睁开眼，刘执嘉说起之前的情形。可王含始只记得金甲神人，对蛟龙、雷电却没有半点印象。

十个月后，王含始生了一个男孩。据说，那孩子的左大腿上长着七十二颗黑痣，脑袋也有几分龙头的模样。刘执嘉觉得小儿子日后定有几分造化，便给他取名刘邦。

14. 刘邦斩白蛇

然而,刘邦从小就不喜欢耕田种地,整日游手好闲,与一群朋友吃喝玩乐。刘执嘉常常规劝,却总是做无用功。时间一长,太公几乎耗尽了耐心,动不动就大声斥责。等到刘邦成年后,他更是连衣食也不愿供给。

面对父亲的嫌弃,刘邦依旧我行我素。有时与父亲的关系闹得太僵,他就去两个哥哥家蹭吃蹭喝。

刘伯、刘仲碍于兄弟情面,倒也不好翻脸。可嫂子们看不惯小叔子的做派,经常冷嘲热讽。久而久之,刘邦不想再看大嫂、二嫂的脸色,便在附近找了两家酒肆,三天两头跑去赊酒喝。有时喝得多了,他就直接躺在酒桌旁呼呼大睡。

一天,酒家老板王媪、武负正准备唤醒刘邦让他回家,却看见一条金龙在他头上飞舞。两人万分惊讶,从此对刘邦另眼相待,就

连酒钱也不主动追讨。

刘邦交友甚广,从朋友那里他学了不少谋略、吏事,后来借此获得了一个泗水亭长的差事,还与萧何、曹参、夏侯婴等县吏结为莫逆之交。

有一年,刘邦奉命去咸阳办差。等处理完公事,他在城中闲逛,恰巧碰到始皇帝出巡。望着声势浩大的巡游队伍,刘邦站在人群中,不禁发出羡慕至极的感慨:"大丈夫就应该这样啊!"

将近一周后,刘邦稍稍尽了游兴,便收拾行李,恋恋不舍地离开了咸阳。

又过了几年,单父县来了一位富豪吕叔平,他为了躲避仇家,带着一家老小投奔沛县县令。县令与吕太公是好友,安排一行人在城内住下,并让县中大小官吏准备贺礼前去道贺。

几天后,吕太公在新宅中举办宴会,县里有名望的人全都带着礼物前去拜访。刘邦囊中羞涩,却谎称要献上一万钱。吕家仆人信以为真,客客气气地将他请入大厅上座。

吕太公仔细打量刘邦,认为刘邦有大富大贵之相,后来不顾妻子的反对,硬是把女儿吕雉嫁给了他。

二世元年,刘邦受了县令的差遣,押送刑徒去骊山修筑始皇陵墓。不料,队伍一出沛县,就有不少人偷偷溜走了。黄昏时分,众人寻了一家旅店歇脚。等到夜深人静,竟又有几人摸黑逃走了。

刘邦孤身一人,既不便追捕,也无力制止。天亮后,他催促着剩下的刑徒继续赶路,可寻机逃跑的情况还是时有发生。

不久,队伍来到丰乡西面的泽西亭。刘邦见手下的人员所剩无几,索性停住脚步,就近找了家酒肆喝酒。傍晚时,他借着醉意,把剩下的人召集起来,大声宣布:"你们到了骊山,多半得客死异乡。我想了又想,决定放大家一条生路。"

14. 刘邦斩白蛇

话音刚落,刘邦摇摇晃晃地走到犯人们身前,将他们身上的绳子一一解开。很多人得了自由,道了声谢便离开了。但也有数十人佩服刘邦的为人,主动要求留下做他的护卫。

刘邦笑着说:"去也好,留也好,都由你们自己决定。"众人听了这话,便不再犹豫,立马簇拥着他钻进了一旁的大泽。

大泽中杂草丛生,泥洼遍地,一伙人借着月色,小心翼翼地向前挪动。忽然,负责探路的人慌慌张张地跑回来汇报:"前面路上有大蛇!咱们得绕道而行。"

刘邦却把那人喝住,气势汹汹地说道:"区区蛇虫,也敢拦我?"说完,他提着宝剑,独自跑去探查情况。

刚走了几十步,果然看到一条十几米长的巨大白蛇。刘邦见大蛇卧在大泽之中,正好阻拦了去路,不由得怒从心起。他紧走几步,拔出利刃,把白蛇斩成了两段,随后用剑拨开蛇尸,神态自若地走

了过去。

　　第二天清晨，一位农夫途经大泽，意外看到一个老妇人正在号啕痛哭，便向她询问缘由。老妇人止住哭声，哽咽着说："我儿本是白帝之子，夜间化作白蛇，结果被赤帝之子斩杀。"

　　听了这番离奇言论，农夫还以为老妇人疯了。可还不等他说些什么，老妇人就突然消失得无影无踪。

　　农夫吓了一跳，急忙逃离了原地。半路上，他遇到了刚刚睡醒的刘邦，把刚才发生的事跟他说了。刘邦听了心想：这白蛇是我杀的，难道我日后会做皇帝吗？

前汉 | 15. 刘邦受拥成领袖

闲聊几句后,农夫告辞离去。刘邦自知触犯法律,也不敢还乡,索性收拢队伍,一块躲进了芒砀山。

芒砀山僻远幽深,刘邦与跟随他的十几个壮士担心被人找到,在山中时常更换驻地。一天,他忽然看到吕雉带着一双儿女从山外走来,既高兴又纳闷,问道:"我隔几天就换一个地方,你怎么还能找到我?"

吕雉微微一笑,答道:"夫君无论躲在哪儿,上方总有云气笼罩。妾循着云气,便能发现夫君的藏身之处。"

刘邦闻言大喜,笑着说:"相传,始皇在世时曾说东南有天子气,因此连番出巡意欲压制。莫非,这王气属于我刘邦吗?"

吕雉乐得见到丈夫出人头地,于是在一旁附和:"夫君苦尽甘来,或许日后真能有一番大造化!"接着叹了口气,说道:"唉!如今甘未曾见,苦倒是吃够了。"说完她将自己因受牵连被捕,以及在萧何、任敖保护下出狱的经历,一五一十地讲了出来。刘邦听了也不由得泪流满面。

陈胜、吴广在蕲县起义后,东南地区有不少人杀了郡守县令响应他们。蕲县与沛县隔得很近,县令担心被张楚大军攻打,打算率领百姓投降。萧何、曹参闻讯,齐齐阻拦:"大人身为秦官,与其

归顺贼盗，不如召集兵马，自行守卫城池。"

县令颇为心动，当即派人征调青壮，并依着萧何建议，让樊哙（fán kuài）去芒砀山寻回刘邦。

樊哙与刘邦既是发小，又是连襟，因此对他的下落一清二楚。没过多久，两人就在芒砀山中见了面。

讲明来意后，樊哙力劝刘邦出山。刘邦本就过够了东躲西藏的日子，自然不会拒绝沛县县令的邀请。在山中的八九个月，刘邦手下已经聚集了百来人。他带着这百余名壮士，兴冲冲地赶赴县城。

然而，一行人刚走到半路，就碰到了行色匆匆的萧何、曹参。两人拦住刘邦，连声警告："县令如今怀疑我们反叛，已经改了主意，不仅要诛杀我等，还想阻止你入城。"

刘邦听了这话，笑着说道："二公莫慌，我手下已有百余人，不如先到城下察看情况后再商量。"

不多时，众人来到沛县城外。萧何见城门紧闭，脸上挂满了愁容。刘邦一副胸有成竹的样子，他请萧何写了一封劝降信，之后绑在箭上，亲自射入城内。

守城兵卒读了信中内容，越发觉得替县令卖命毫无前途。于是，他们联合父老乡亲，闯入县衙杀死毫无准备的县令，随后打开城门迎接刘邦等人。

入城之后，刘邦借着自己与萧何、曹参等一众好友的威望，召集父老乡亲讨论善后事宜。众人经过商议，力邀刘邦出任领袖，共同反叛秦廷。

刘邦再三推辞："如今天下大乱，稍有不慎就会万劫不复。我的能力不够强，还是让萧大人或者曹大人来领导大家吧。"

萧何、曹参向来担任文职，对武事本就陌生，也不愿承担过多风险，因此坚决拥护刘邦做了一县之主。

15. 刘邦受拥成领袖

注：图中"戎县刘邦发迹"应为"戎县令刘邦发迹"。

二世元年九月，刘邦在众人的拥立下正式就任沛公一职。随后，他命萧何、曹参四处征兵，很快就拉起一支两三千人的队伍。

不久，刘邦派樊哙、夏侯婴率军攻打胡陵、方与。两地县令自知不敌，全都坚守不出。

紧要关头，刘邦忽然接到母亲的死讯。为了办理丧事，他决定暂时将大军调往丰乡。樊哙、夏侯婴虽有不甘，但也只能听命行事。

几乎在同一时间，楚国名将后裔项梁见群雄并起，也动了反秦复国的念头。他的侄子项籍（字子羽，后来自称项羽）早年间遇到始皇銮驾，便立下取而代之的理想抱负，因此非常支持叔叔的抱负。

陈胜、吴广起义后，会稽郡守殷通邀请项梁入府，秘密商议起兵事宜。这一切正中项梁的心思，他听了顿时乐开了花。

殷通走到项梁身前，低声说道："行军打仗，须有良将。放眼会稽，也只有你和桓楚算得上英雄。只可惜，桓楚逃亡在外，不知去向。"

项梁原本只想暂时稳住殷通,并不愿替人卖命。眼看着对方惦记桓楚下落,他就顺势扯了个谎:"我家侄儿项籍知晓桓楚藏身之地,大人若是不弃,我便让小侄去寻一寻。"

殷通闻言大喜,主动提出要见一见项籍。项梁假意应允,暗地里却与侄儿制订了杀人夺权的计划。

第二天,项氏叔侄登门拜访。殷通被项籍的身量相貌惊住了,只顾着称赞项籍勇武过人,毫不设防。项籍却找准机会从怀中掏出短剑,砍掉了殷通的脑袋。

府中护卫听到动静,将项梁、项籍团团包围。项籍仗着一身武艺,在人群中杀进杀出,不多时便害了几十人的性命。

其他士兵见项籍宛若杀神,吓得四散奔逃。项梁见此情形也不阻拦,只是召集躲在各处的大小文吏和城内父老到外衙议事。

殷郡项梁兵举守

15. 刘邦受拥成领袖

众人听闻殷通已死，担心自己也性命不保，便异口同声地表示拥护项梁。

于是项梁当即宣布出任会稽郡守。而后，他自封将军，并任命项籍为偏将，在会稽郡内大肆征兵。

各县青壮或是不满秦朝暴政，或是仰慕项籍威名，纷纷前来投效。短短数日工夫，便有八千子弟加入项氏军队。项梁举贤不避亲，直接将一众新兵交给了项籍统领。

此时项籍年仅二十四岁，他因为表字子羽，又嫌双字累赘，自称项羽。他率领手下将士，很快拿下江东地区，称霸一方。

16. 机智的伙夫

此前,张楚王陈胜派遣魏人周市(fú)攻打魏地。后来周市引兵到了狄县,县令不愿投降,号召城中百姓协助守城。

不料,正在狄县隐居的齐国王族后裔田儋,联合堂弟田荣、田横等人,设计杀死县令,据城自立,号称齐王。之后,他又征募数千兵卒,主动向张楚军进攻。

周市瞧见齐军来势汹汹,自认为占不到便宜,于是主动退回了魏地。不少旧魏百姓见楚、赵、齐尽皆复国,便鼓动周市建国称王。

周市有心光复魏国社稷,但始终不肯自立为王。在他的坚持下,魏人先后五次前往陈县,总算从陈胜手中讨回了魏公子咎。

随后,魏咎定都临济,重建魏国,并封周市为相国。

没过多久,赵将韩广公然占据燕地,打出了"燕王"旗号。赵王武臣闻讯大怒,当即率张耳、陈馀等人讨伐。

韩广见赵国大军压境,急忙向边关增兵。张耳、陈馀见对方守备森严,便劝说武臣暂且退兵,以后找机会再战。

然而,武臣早已恨透了自立门户的韩广,不仅不同意撤退,还暗中扮作平民模样,亲自带着三五名护卫,悄悄潜入燕境打探情报。

不幸的是,武臣刚一入城,就被韩广的亲随识破了身份:"这就是赵王!快抓住他!"周围守兵听到动静,顿时争先恐后地拥上

16. 机智的伙夫

前来抓人。

武臣来不及逃窜,被抢功的士卒们用铁链捆住。随行护卫见势不妙,立即躲进人群,趁乱逃回军营,向张耳、陈馀汇报了赵王被俘的情况。

张耳、陈馀大吃一惊,两人商议了一番后,决定选派能言善辩的使者前往燕国,试图用金银财宝赎回武臣。

不料,韩广狮子大开口,竟向赵人索要一半的国土。陈馀气得半死,向张耳抱怨:"韩广本是赵臣,居然如此贪婪!既然他不念旧情,那咱们也不必再客气了!"

张耳觉得陈馀所言有理,立刻写了一封谴责信,派人送往燕都。可没想到,韩广拒不道歉,还对使者痛下杀手。

消息传回赵营后,张耳、陈馀暴跳如雷,恨不得立马踏平燕国。

可一想到武臣仍在韩广手中，他们又只能忍气吞声。

危急时刻，一位伙夫心系赵王安危，独自赶往燕营游说。他一到燕营就被士兵捉住，但他理直气壮地要求面见将军，士兵也不敢怠慢，将他带到了将领面前。

两人相见后，伙夫开门见山地说道："张耳、陈馀虽在赵国做官，但早有称王之心。如今燕国扣押赵王，实在是给这二人作嫁衣裳！"

燕将听了这番话，不由得心头一紧，喃喃地说道："这两个奸诈小人，大概正盼着燕人杀死武臣，好圆他们的君王美梦呢！"

伙夫一看燕将上了钩，赶紧趁热打铁，假意提醒道："燕人一旦杀掉赵王，张耳、陈馀势必发动复仇之战。面对士气如虹的哀兵，燕国怕是难逃灭亡命运吧？"

燕将有些惊恐，第一时间向韩广请示。韩广听了这番说辞，心下有所动摇，思索再三后下令释放了武臣。

武臣侥幸逃过一劫，急忙率军撤回了邯郸。

几日后，赵将李良占领常山郡，凯旋班师。武臣虽然暂时不愿招惹燕国，但对周边的其他城邑却是虎视眈眈。他催促李良再度出征，尽快攻略太原郡。

李良领了王命，立马领军北上。行进到井陉关时，部队突然遭到秦军的强力拦阻。

眼看着攻势受挫，李良的情绪颇为急躁。就在此时，守关秦将为了离间李良与武臣的关系，故意以二世皇帝的名义，给他写了一封招降信。

李良不知是计，把信翻来覆去地读了几遍，拿不定主意是该继续侍奉赵王，还是投靠秦国。最终，他决定先回京索要兵马再作打算。

离邯郸不到十多里路，李良瞧见一辆华贵的马车，周围簇拥着大群仆从、护卫。他误以为遇到了赵王銮舆，立即翻身下马，在路旁恭敬行礼。

然而，车中坐着的并非武臣，而是他的同胞姐姐。那妇人生性嗜酒，眼下已喝得大醉，误将李良认作寻常小吏，只随口说了句"免礼"，便扬长而去。

李良自觉丢了面子，既羞愧又恼火。一旁的部将见状，趁机添油加醋地说："天下纷争，群雄并起。将军本领不在赵王之下，赵王尚且以礼相待。如今赵王的姐姐如此怠慢人，将军难道甘心受女人羞辱？"

三言两语，惹得李良腹中怒气直冲脑门。他狠狠地一甩马鞭，下令追上赵王胞姐，一剑取了对方性命。

杀死王姐后，李良一不做，二不休，径直奔回邯郸，将赵王武臣、左丞相邵骚及大批王族统统屠戮。

右丞相张耳、大将军陈馀听到风声，急急逃到城外。不少兵民

为求安全,也跟着他们离开了邯郸。

一两日后,张耳、陈馀聚拢了数万人马,谋划着夺回邯郸,为武臣报仇。只不过,两人均出身魏国,虽有些声望,但赵人未必肯诚心归附。因此,在谋士的建议下,他们决心拥立赵王室后裔称王,竖起赵王旗帜,名正言顺地讨伐李良。

经过一番苦寻,张耳、陈馀在信都找到赵氏后裔赵歇,拥立他做了新任赵王。

李良正打算自立为王,忽然听说张耳、陈馀扶植了赵歇称王,料想对方必定会来攻打自己,于是决定抢先发难。不久,他亲率大军,突袭信都。

张耳、陈馀提前获知了李良动态,当即组织军队迎战。几轮苦斗之后,李良兵败如山倒,仓皇逃离战场,投靠了秦将章邯。

 前汉 | **17. 陈胜被杀**

二世二年（前208年），章邯统领秦兵及李良等部降军，向张楚将领周文所率大军发动总攻。周文连战连败，最终在渑池自刎。

二世皇帝闻讯，重赏前线兵将，并派长史司马欣、都尉董翳（yì）领兵协助章邯，继续扫荡吴广等各路叛军。

消息传开后，田臧、李归等人假借陈胜之名，杀死了假王吴广。兵卒们信以为真，几乎无人深究。

没过多久，田臧贼喊捉贼，将一封诬陷吴广谋反的告密信送往陈县。陈胜早就对昔日的搭档心怀忌惮，如今接到吴广死讯，不禁觉得去掉了一块心病。为此，他还特意颁发一道旨意，将田臧提拔为上将。

田臧得了封赏，一面大肆庆祝，一面亲自率兵迎击秦军。然而，张楚军以往面对的多是散兵游勇，这才勉强打了几场胜仗。如今要与章邯统领的精兵强将交战，他们的缺陷便暴露无遗。

很快田臧、李归相继被章邯斩落马下，张楚军一时群龙无首，如无头苍蝇一般四处逃窜。章邯边追边打，接连攻克郏城、许城，击败张楚大将邓说、伍徐，兵锋直指陈县。

陈胜连续收到数则噩耗，内心渐渐不安，但在臣属面前仍然强作镇定。几天后，他派上柱国蔡赐带兵抵御章邯，又命武平君畔担

任郯城兵监军。

不料，秦嘉、董缫、郑布、丁疾、朱鸡石等人，早已纠集本乡子弟占领了郯县。武平君畔试图以张楚将领的身份招抚众人，却遭到秦嘉的嘲讽："一个毛头小子，也敢节制我等？真是不知死活！"于是起兵发难，杀死武平君畔。

与此同时，蔡赐也因与章邯大军实力悬殊，不幸死在了乱军之中。

几名亲信接连丧命，陈胜彻底陷入恐慌之中。为避免都城失守，他不断催促各地将领带兵回援。可这些将军因不满陈胜平日里薄情寡义，更不齿他滥杀同乡的行径，谁也不肯全力援救。

陈胜察觉到京中暗流涌动，却不思悔改，反倒变本加厉地施行高压政策。尤其是朱房、胡武等一干酷吏受到重用之后，更是有不少将校、官吏沦为阶下之囚。

余下将官见昔日同僚无故获罪，越发怨恨。等到秦兵攻入陈县，大家不约而同地选择了冷眼旁观。

陈胜既悔又恨，只能亲赴边界督战。刚走到汝阴，他就迎面遇到了一群仓皇逃回的败兵。从那些人口中陈胜得知秦军长驱直入，己方全军覆没，顿时心生绝望。无奈之下，他决定暂时退回陈县，日后再做打算。

折返途中，陈胜嫌弃车速太慢，多次责骂车夫庄贾。庄贾之前听说了前线战况，已然把陈胜看作了没牙的老虎。等车队行至下城父，他串通其他随行的人，突然停住马车，一剑劈死了陈胜。

庄贾火速赶回陈县，向秦军递交了降书。可还没等到章邯答复，张楚将领吕臣就打着复仇旗号，率军攻入都城，将以庄贾为首的叛徒通通诛杀。

随着庄贾暴毙，章邯失去和平拿下陈县的机会，只得指挥部队

17. 陈胜被杀

继续进攻。很快,秦军攻占南阳,又突袭新蔡,逼得张楚大将宋留主动乞降。

章邯收编降军后,本想依照旧例授予宋留军职,却意外查出此人曾经担任陈县县令。他痛恨宋留叛秦投楚的行径,就将他捆绑起来押往咸阳受审。二世皇帝向来残酷无情,直接下令将其五马分尸。

消息传开后,背叛了秦朝的官吏人人自危。自此,他们便断绝了重新归顺的念头,铁了心与秦廷作对。

一时之间,秦军压力陡增。多亏秦将章邯勇猛善战、统兵有方,率领手下将士频频发动反攻。各路义军顾此失彼,一连丢掉数座城池。

混乱之时,风头正盛的吕臣妄图力挽狂澜,结果也被打得抱头鼠窜。逃亡途中,他偶遇一位面带刺文的彪形大汉,身后还跟着一队头缠青布的精壮兵士。

吕臣误以为中了敌人埋伏,脸色瞬间变得惨白。可仔细一瞧,他又发现那群人的打扮与秦军相去甚远,倒更像是啸聚山林的草莽英雄。

稍一犹豫后,吕臣停住马,试探着报出自己的名号。对面的首领听了,拱手回道:"末将黥(qíng)布,久闻吕将军大名,不想竟在今日相会,真是意外之喜啊!"

吕臣从未听过黥姓,不免有些好奇,当即下马与他攀谈。黥布也不隐瞒,一五一十地将早年经历讲了出来:"我本姓英,小时候有个相士说我'先受黥刑,然后得王'。我为了转运,就把名字改成'黥布',可惜却没起什么作用。后来,我因获罪脸上被刺字,发配到骊山服役,结识了不少好汉。陈胜起义时,我们不甘寂寞,也想起兵相应,却只聚拢了三五十人。

"后来我听说番阳令吴芮性情豪爽,喜欢结交天下豪杰,就前去投奔了他。也是因缘际会,我被吴翁赏识,还做了他的女婿。可是我不甘心这样平淡过一生,就向岳父大人借了兵马,召集旧日的伙伴共同起事。"

紧接着,英布便提出了共同抗秦的想法,吕臣喜出望外。于是两人合兵一处,转头杀奔陈县。

秦军虽然勇猛,但却不是联军对手。几场大战过后,秦人损兵折将,被迫退出了陈县。

前汉 | **18. 项梁崛起**

就在吕臣、英布高歌猛进之时,张楚将领召平因孤立无援,秘密渡江东下,并假借陈胜名义,册封项梁为上柱国。

项梁不知陈胜已死,欣然受封。紧接着,他又依着召平的指示,亲自率领八千子弟过江攻秦。行至东阳时,他听说县令陈婴是闻名乡里的贤人,便遣人送去一封信,邀请他一同攻打秦军。

陈婴生性谨慎,原本不愿掺和天下纷争。奈何东阳父老杀死秦吏后坚持请他主持大局,四方百姓又争先归附,这才被迫出山。

后来众人有心裂土建国,拥立他称王。陈婴深感不安,回家与老母商量对策。陈母见识不凡,对此坚决反对:"陈家子孙向来福薄命浅,哪里有资格称王称霸?眼下乱象萌发,你凭着'忠厚'二字,勉强守住一县之地,要是再进一步,多半会惹出大祸。依我看哪,你不如择主而事,既不耽误谋取富贵,也不用承担太大风险。"

陈婴觉得母亲言之有理,因此拒绝称王,平日里只以东阳县长自居。等到项梁派来使者,他顿觉机会难得,于是唤来县中大小官吏,企图说服他们:"项氏累世为将,威名赫赫,项梁、项羽更是天下难寻的英雄豪杰。我等若是能与他们合作,何愁大事不成?"

大家常听人说起项梁、项羽的事迹,对叔侄俩早就心向往之。只等陈婴话音一落,他们便异口同声地回应道:"大人去哪儿,我

们就去哪儿。"

陈婴见状,先派人送信回复项梁,然后亲自前往军营协商归顺事宜。项梁大喜过望,正式将东阳军民纳入麾下,且仍交由陈婴统领。

于是项梁、陈婴合兵一处,浩浩荡荡地渡过淮河。英布与蒲将军等人仰慕项氏叔侄的声威,也带着本部兵马赶来投靠。很快,项梁的队伍增至六七万人,一时齐聚下邳。短暂休整过后,大军正要继续赶路,却遭到彭城秦嘉的阻拦。

项梁气愤不过,领兵杀向彭城。秦嘉从未打过硬仗,很快就兵败身死。至于他所拥立的楚王景驹,也在流亡途中不幸丧命。

眼看着前路已无障碍,项梁立刻派遣朱鸡石、余樊君等部将向秦军主力发动攻击。然而,章邯率领的队伍久经战阵,远比成军之初更加难缠。项军虽战力惊人,但也难以与其抗衡。交战后不久,主将余樊君便死于乱军之中。

18. 项梁崛起

朱鸡石见形势不利，仓皇逃回。项梁大为不满，以临阵脱逃的罪名将他处死。

正在这时，刘邦带着刚刚结识的张良，寻至项军营外，想要借兵教训背叛自己的雍（yōng）齿。

项梁与刘邦一见如故，十分慷慨地拨出五千兵将借给他。刘邦大喜过望，千恩万谢地辞别项梁，带着部队直奔丰乡。

雍齿难以抵抗，不得不抛弃城池，狼狈地投奔魏相周市。刘邦随后惩治叛党、训诫百姓，并将丰乡改为丰邑，修缮城墙派兵驻守。

等到一应军务处理完毕，刘邦召集项军，准备亲自将他们送回项梁所在的薛城。

大军入城之时，恰逢项羽攻下襄城后凯旋。刘邦爱慕英雄，主动与他结交。项羽也欣赏沛公风采，自然不会拒绝。

第二天，项梁召集帐下所有将领议事，讨论拥立新楚王的事情。

众人摸不准项梁的心意，一时不敢开口发言，有几个谄媚的人提出推戴项梁为楚王。项梁有心称孤道寡，假意推辞几句后，便打算顺水推舟地应下此事。可他刚要开口，门将来报，说居鄛人范增求见。

只见一个七十多岁的老头佝偻着腰走了进来。他上前向项梁行了个礼，说道："老朽听说将军招贤纳士，所以前来见驾。"项梁起身回礼，向范增询问道："老先生见多识广，不知对新王人选可有高见？"

范增捋了捋胡子，毫不留情地嘲讽了陈胜自取灭亡，又苦劝项梁："楚国隐士南公精通术数，曾留下'楚虽三户，亡秦必楚'的预言。将军出身项氏，世代护佑楚国，因此得到楚地豪杰争相趋附。不过，您若是想一举拿下关中，覆灭暴秦，最好扶立楚王后裔，否则很容易像陈胜那般盛极而衰。"

项梁听完这番分析,觉得言之有理。他真诚地留范增在自己身边担任谋士,范增倒也不藏私,耐心地为项梁谋划。

几日后,项梁依着范增建议,派出大队人马四处寻访楚王后裔。最后,几个探子在乡间找到一名替人放羊的牧童,他就是楚怀王的孙子熊心。

几人惊喜万分,第一时间向项梁报告情况。项梁反复确认后,郑重地将熊心接回薛城,仍冠以楚怀王的名号。

二世二年六月,项梁拥立熊心为楚怀王,正式在盱眙重建楚国。之后,项梁自封武信君,又借着楚怀王之名,册封英布为当阳君,陈婴为上柱国。

张良见此,也想光复自己的故国韩国,他主动去找项梁说:"楚、齐、赵、燕、魏皆已复国,只剩韩国王位空悬。与其让他人占了先机,不如由您出面,扶立亲近楚国的韩王。到那时,楚、韩齐心,何愁

18. 项梁崛起

大事不成?"

项梁听得颇为心动,兴致勃勃地问道:"纵览韩国嫡脉,谁能担此大任?"

张良心中早有人选,张口答道:"诸位公子之中,当数横阳君韩成最为贤良。由他出任韩王,可谓是众望所归。"项梁被张良说服,便派他去找寻韩成。

不多时,张良打听到韩成下落,马上回报项梁。项梁于是任命张良为韩国司徒,派他前去辅助韩成。

19. 李斯被杀

随着韩成坐上韩王宝座，山东六国全数规复。加之楚军势如破竹，秦国各郡县官吏难以抵挡，频频向咸阳告急。二世皇帝见义军来势汹汹，越发惊慌失措，便不断向丞相李斯施压。

李斯有心杀贼，却已是无力回天。无奈之下，他便怂恿秦二世，对权贵、百姓施以严刑峻法，妄图用威权控制人心。

二世皇帝本就残暴，自然满口答应。可赵高心中有鬼，总担心会殃及自己。于是，他三番两次地哄骗胡亥："天子之所以自称为'朕'，是因为'朕'即是'朕兆'，代表着可望而不可即。陛下刚刚登基两年，终究比不得先帝在位数十载，倘若言语有误、处置失宜，多半会惹得群臣冷嘲热讽。依臣看来，您既然贵为天子，就该在宫院之中遥控指挥，万万不能上朝处理国事啊！"

这番奇谈怪论，听着真诚恳切，实际上却包藏祸心。偏偏秦二世不辨是非，且乐得安逸享乐。从此，他把大小政务统统交给赵高及一众侍从，自己则躲在宫内寻欢作乐。

过了段日子，赵高主动找到李斯，假惺惺地质问道："陛下只惦记吃喝玩乐，全然不顾关东乱局。君侯高居丞相之位，怎能装聋作哑，坐视国家动荡呢？"

李斯虽然做了不少助纣为虐的恶事，但终究担忧着一国的存亡。

19. 李斯被杀

他重重叹了口气，回应道："唉！我连陛下的面都见不着，还谈什么进谏？"

赵高貌似谦卑地笑了笑，说道："下官人微言轻，做不了大事，但好在一直随侍宫中，知晓陛下动态。一旦主上闲暇，我便派人去通知君侯。"

李斯不知赵高算计，还以为他一心为国，忙不迭地表示感谢。赵高却趁着二世皇帝设宴玩乐之时，故意吩咐小宦官出宫报信，害得李斯连续吃了两次闭门羹。

一时之间，君臣矛盾几乎达到不可调和的地步。赵高心中暗喜，可还觉得不太满足。他又派人连连催促李斯："陛下此刻不忙，君侯可速速入宫。"

李斯半信半疑，可又不愿放弃机会，只好硬着头皮前去面圣，结果被秦二世狠狠训斥了一通。

赵高奸计得逞，仍不忘添油加醋："李斯当年参与沙丘之谋，一心想着裂土封王。幸赖陛下英明，这才没让他得逞。可臣近来听说，李斯不甘寂寞，居然想联合长子李由谋反。如今频频求见，说不定就藏着歹意，陛下不可不防！"

二世虽不满李斯三番两次搅扰自己的玩兴，但却不怎么相信他会阴谋造反。赵高看得心焦，急忙设法诬陷："李斯祖籍上蔡，正与叛贼陈胜等人的家乡相近。而李由身为郡守，并不主动剿贼，反倒任由陈胜等人横行三川。陛下，这些看似巧合的事，其实都是李斯心怀不轨的铁证！"

秦二世有些动摇，随即安排专人前往三川郡调查。赵高唯恐真相暴露，便拿出重金贿赂使臣，想要让李家父子永世不得翻身。

不久，李斯听到风声，深恨赵高背信弃义，便上疏弹劾。谁知，秦二世不仅不信，还怀疑他挟私报复："丞相明知赵高是朕的肱股之臣,却还反咬一口,真是可恶!"

左右多是赵高亲信,也在一旁煽风点火。秦二世越听越气,索性将奏章直接退还。李斯见二世不听信自己,又邀请右丞相冯去疾、将军冯劫联名上疏,请求二世停止修建阿房宫,并削减四方徭役,言语中又提及贬斥赵高。

二世皇帝自觉受到冒犯,气得在殿内破口大骂。赵高趁机使坏,怂恿着二世将三人关进了大牢。

冯去疾与冯劫不愿受辱,相继在狱中自杀。李斯不甘受戮,妄想着为自己申辩,却遭到赵高的残酷折磨。数日之后,他因挨不住酷刑,被迫认下了种种罪状。二世皇帝不晓得其中隐情,一怒之下就给李斯及其三族子弟判了死罪。

临刑前,李斯望着被五花大绑的次子,失声痛哭:"我真想牵着黄犬，再和你去上蔡东门外抓野兔，可惜已经不可能了啊！"次子听了眼泪顿时夺眶而出。一干家属见状，也全都号啕大哭。

时辰一到，李斯一人被处以残酷的五种刑罚，场面惨不忍睹。一国之相、帝国贵胄，就这样丧了性命。

渐渐地，赵高将军国大权悉数包揽。秦二世久居深宫，好似耳聋眼瞎的木偶一般，根本分辨不得真假。群臣畏惧赵高淫威，也都听任他在朝中翻云覆雨。只是各地局势日益吃紧，赵高也不能安心享乐。为此，他特意传令章邯等前线将帅，要求他们尽快平叛。

章邯早先转战南北，接连斩杀齐王田儋、魏相周市，还逼得魏王咎自焚身亡。可在遭遇项梁、项羽叔侄之后，他却屡战屡败，不得不困守濮阳。

章邯收到朝中催促的旨意，也想出奇制胜摆脱困境，每日派出大批侦骑，严密监视楚营动静。

20. 项梁兵败

秦兵四出侦察,难免惊动楚军。项梁自恃兵多将广,并不增强防御,召回在外作战的项羽、刘邦,每日只在营中饮酒消遣。将士们无人监管,乐得自在散漫。

章邯窥知楚营情形,心中无比高兴。为确保万无一失,他暂时按兵不动,只是向各处征调兵马。

眼看秦军渐渐聚齐,项梁麾下的谋士宋义焦急万分,忍不住提醒他:"章邯虽败过几场,但终究是一代名将。如今他不停增兵,多半是要与我军分胜负、决生死!大人身为三军之主,必须早做准备啊!"

项梁满不在乎地说:"章邯连战连败,早已吓破了胆,怎么还敢再来送死?更何况,近来阴雨连绵,道路泥泞难走,秦军也是肉体凡胎,怎么好行军呢?"说完,他话锋一转,捋着长胡子笑道,"只等天气好转,我便攻打濮阳,亲手斩了章邯!"

宋义见项梁满不在乎,正想再劝,却被对方直接打断:"前些日子,我本打算联合齐国一道攻秦。不承想,齐相田荣竟因私人恩怨,拒绝出兵。如今秦人动作不断,我再邀田荣前来会师,如果他还是不答应,我就要移兵攻打了。"

眼见项梁顾左右而言他,宋义不由得心灰意冷。沉默片刻后,

20. 项梁兵败

他一改之前的忧虑模样，主动请缨："臣愿出使齐国，替大人分忧。"

项梁乐呵呵地点头同意。宋义暗暗叹了口气，随后便迫不及待地离营东去。

半路上，宋义遇到齐国使团。攀谈之时，他警告领队高陵君显："武信君骄傲自满，满营将士得过且过。秦军很快会发动突袭，楚军必然大败。您若想保命，最好不要走得太急。"高陵君显半信半疑，但出于安全考虑，还是嘱咐车夫减慢速度。

过了几日，秦军趁着夜色，朝着楚营发动总攻。巡营的斥候们早已放松警惕，没有及时发现敌情。楚军不知营外变故，还在帐内呼呼大睡。等他们察觉到不对劲时，秦兵早已攻破了营门。

慌乱之中，楚兵拎着随手捡起的刀枪，匆匆冲出营帐迎战。奈何秦兵准备充足，轻轻松松就打得他们大败。

项梁见局势不妙，不等穿戴整齐就招呼手下撤退。谁知刚跑了

几步，一行人就被章邯堵了个正着，主帅项梁当场做了章邯的刀下亡魂。

次日凌晨，战斗渐渐停息。几个侥幸保住小命的士兵，躲过秦人剿杀，偷偷逃往外黄，给驻扎在那儿的项羽、刘邦报信。

项羽听闻叔父战死，不禁放声大哭。刘邦也流下了眼泪，随后郑重提议："武信君骤然离世，军心必然动摇。我们最好尽快退回楚都与楚怀王会合，以免遭了秦军毒手。"项羽觉得此言有理，便强忍悲伤，率领军队向东折返。

经过商议，刘邦率军驻守砀郡，项羽与受邀而来的吕臣分别屯驻彭城东与彭城西。

没过多久，楚怀王迁都彭城，接管项羽、吕臣两军，并正式任命刘邦为砀郡长，赐封武安侯，项羽为鲁公，加封长安侯，又进封吕臣为司徒。楚军各司其职，做好准备，专等秦军前来决战。

可章邯斩杀项梁后，认为楚军已经构不成威胁，因此领兵北上，试图收复赵地。楚怀王听闻此事，断定魏地防御空虚，立即派遣魏豹出兵攻魏。

魏豹步步为营，接连攻克二十多座城池。楚怀王大喜过望，将魏豹封为魏王，让他充当自己的屏藩。

过了段时间，齐国使者高陵君来见楚怀王，大肆夸奖宋义料事如神。正好宋义出使齐国归来，楚怀王就召他入宫问话。

宋义应答如流，不仅说出了项梁败亡的原因，还极力主张继续西进："武信君虽死，但讨秦大业不可废！眼下楚国士气低迷，大王必须挑选一位进退有度、恩威并施的良将，如此才能整合全军力量，一举击溃暴秦。"

楚怀王颇为心动，立刻召集文武重臣，商议主将人选。不料，堂下将领竟无一人愿意主动领命。楚怀王便高声宣布："先入关中

20. 项梁兵败

者,即是新秦王!"

话音刚落,刘邦越众而出,高声应道:"末将愿往!"紧接着,项羽站起来说道:"我也愿去!必须让我先去!"

楚怀王难以抉择,只好说:"刘将军与项将军有此雄心壮志,真是大楚之福。只要兵马粮草筹备妥当,寡人便为两位送行!"

等沛公、项羽离去后,几个深知项羽脾性的老将偷偷劝阻楚怀王:"项羽能力虽强,但为人残暴,襄城、城阳等地百姓,全都被他屠杀殆尽。若是让他领军,难免会发生意外。反观沛公,向来宽仁大度。如果把军队单独交给他统领,必能赢得更多秦人的好感。"

楚怀王担心项羽会屠杀百姓,大拂民意,可又不好自食其言,一时之间陷入两难之境。

第二天,诸将齐聚王宫,楚怀王仍未想出能让项羽主动放弃的两全之策。正发愁时,赵国使者突然在宫人的引导下,踉踉跄跄地闯进大殿,悲泣着呈上一份求援国书。

楚怀王看过之后,将书简交给众人传阅,说道:"章邯击败陈餘,将赵王歇、赵相张耳等人围困在了巨鹿。赵人苦苦支撑,已到了山穷水尽的地步,特意派人前来求援。"

项羽听了,恨不得立即杀奔巨鹿,为叔父报仇。楚怀王生怕项羽反悔,当即册封他为次将,又将宋义、范增封作上将军和末将,令三人齐心协力,援救赵国。

21. 项羽夺军权

宋义等人领兵出发之后，刘邦也率众西进。没过多久，他就越过成阳、杠里二县，将秦军防线打得七零八落。

秦将王离孤掌难鸣，带着残军撤往河北，帮助章邯围攻巨鹿。赵王歇、赵相张耳听闻秦人增兵，内心越发惊惶，不断派遣使者向楚军求援。宋义明知赵军处境一日不如一日，却坚持在安阳安营扎寨，不肯进兵。

一连逗留了四十六天后，项羽实在按捺不住，气冲冲地去找宋义抗议："秦军日夜攻城，随时都有可能占领巨鹿。我军既已同意驰援，为何迟迟不肯渡河作战？上将军身为卿子冠军，难不成是怕了章邯？"

宋义笑着摇了摇头，解释道："对秦、赵两国而言，这场战争持续得越久，兵员、物资的损耗越大。如今我按兵不动，并非怯战，而是在等秦人露出破绽。"

项羽向来不喜算计，张嘴就要反驳。宋义见状，抢先说道："战场厮杀，我不如你；总览全局，你却又差我几分。项将军暂且去歇息吧，这运筹决策之事，就不劳你费心了。"

听了这番话，项羽目眦欲裂，却又无可奈何，只能愤愤离去。刚回到营房，就听中军帐内传出一条军令："凡是不听号令、一味

21. 项羽夺军权

求战之人，一律处斩！"

寥（liáo）寥数语犹如支支利箭，全都精准地射向项羽。满营官兵无一不胆战心惊，唯恐项羽怒极杀人。宋义却全然不顾，仍旧没事人似的纵情享乐。

过了段时间，天气越发严寒。士兵们缺衣少食，个个没精打采。宋义作为主帅，不仅不替战士们排忧解难，反倒大张旗鼓地置办酒宴，送儿子宋襄去做齐相。

将士们看不惯宋义的做派，私底下多有抱怨。项羽了解情况后，借着吃晚饭的时机，偷偷煽动同僚与部属："秦人兵强马壮，拿下赵国只是时间问题。上将军口口声声说要坐山观虎斗，真是目光短浅。更何况，楚地天灾频频，能够运到军中的粮食本就不多。再这样浪费时间，恐怕等不到坐收渔人之利，我们就要被饿死了！"

众人越听越激动，在心中暗自高声叫好。项羽明白了大家的想

法，人群散去后，他独自沉思了小半夜，渐渐有了一番计较。

第二天一大早，项羽寻了个由头闯进帅帐，一剑劈死了正在洗漱的宋义。随后，他拎着宋义的脑袋，杀气腾腾地走出大帐，对闻讯赶来的兵卒说道："宋义勾结齐人，准备背叛楚国。我奉大王密令，已将这卖国贼斩杀！"

将士们本就怨恨宋义，又畏惧如狼似虎的项羽，一时之间竟无一人质疑。几个项氏亲兵见状，顺势喊道："楚国虽由楚怀王执掌，但实际上却是武信君和将军一手所建。如今您平乱有功，理应出任上将军，领导我们与秦人一较高下！"

项羽满心欢喜，又不想落下贪恋权位的坏名声，便假意推辞了几句："诸君一片好意，项羽心领了。可大王还未下旨，我又怎能僭越呢？"

将士们又说道："三军不可一日无主！将军接掌了兵权，再等候旨意也不迟啊！"

项羽于是顺水推舟，答应了大众的请求。他立即以假上将军的名义，先派出一队心腹人马追杀宋襄，又遣桓楚向楚怀王报告宋家父子谋逆伏诛的消息。

楚怀王有心调查真相，苦于没有实权，只好将错就错，传旨册封项羽为上将军。

项羽获封之后，立即安排英布、蒲将军等将领，统率两万先锋部队渡河北进。随后，他拔营起寨，带着大军慢慢向巨鹿进发。

此时，秦兵的攻势正猛，赵王歇和张耳困守城内，急得如同热锅上的蚂蚁一般。陈馀屯驻巨鹿城北，手中仅有几万刚刚招募的常山兵，整日也是提心吊胆。

眼看着守军非死即伤，张耳催促陈馀调派新兵迎战。可陈馀因早先吃了大败仗，丢了胸中胆气，死活不愿出兵。

21. 项羽夺军权

张耳深恨陈馀怯懦，命张黡（yǎn）、陈泽前往城北大营，代为斥责："大王与我危在旦夕，你却袖手旁观，还算得上是刎颈之交吗？"

陈馀硬着头皮辩解道："常山兵缺乏战斗经验，拿什么对抗身经百战的秦军？就算把他们送上前线，也不过是多添几条刀下亡魂罢了！"

张黡、陈泽义正词严地说："纵使实力悬殊，也该拼死一战，总好过躲在这儿做缩头乌龟！"

陈馀沉默片刻，冷冷说道："我尚有五千精兵，今日全数交出。希望两位不负大王与张大人的厚望，打出赵国人的威风！"

张黡、陈泽一心为国尽忠，懒得理会陈馀的冷嘲热讽，当即领着五千兵马杀奔秦营。只可惜，一行人寡不敌众，最终全军覆没。

燕、齐、魏、韩四国援军听闻战报，吓得全都止步不前。陈馀也没想到张黡、陈泽会如此轻易地战死疆场，心中的惊惧更胜往昔。

二世二年十二月，楚军先头部队进抵黄河南岸，英布、蒲将军率领麾下士兵连战连捷。陈馀欣喜若狂，接连派出数拨使者，敦促项羽尽快发动大决战。

项羽一心求战，自然不会拒绝陈馀的邀请。稍作休整后，他就率领主力军团渡过黄河。

前汉

22. 巨鹿之战

大军渐次登岸后，项羽下令凿沉战船、砸烂锅碗，吩咐火头军只准备三日粮草，还差人在军营内四处放火。

士卒们惊疑不定，项羽迎着冲天的大火，对满营兵将说道："秦人凶悍，极难对付。我军唯有拼死一战，才能博取一线生机！"将

注：图中"破金沈舟奋身杀敌"应为"破釜沉舟奋身杀敌"。

22. 巨鹿之战

士们见此情形,自知无路可退,径直杀奔巨鹿。

行至半途,大军偶遇一队秦兵。项羽身先士卒,将敌人打得丢盔卸甲。王离听闻败绩心里有所忌惮,一面调派苏角把守运粮甬道,一面命涉间继续围城,自己则率军迎击。

然而,楚兵早已将生死置之度外,根本不惧秦军围堵。尤其是为首的项羽,手持一杆长槊,竟在敌阵中杀了个三进三出。王离连战连败,被迫退回营寨。

几日后,章邯亲率精兵悍将赶来支援。项羽自知兵少将寡,特意吩咐众人各自为战,不必讲究队列阵形。

很快,两军狭路相逢,大战再次打响。赵、齐、燕、魏、韩等国将帅不敢参战,全都躲在战场之外远远观望。

项羽无暇顾及不靠谱的盟友,只管奋力厮杀。一众楚兵也如疯魔一般,一当十、十当百,杀得秦军胆战心惊。列国兵士从未见过如此强大的部队,一时之间也被吓得目瞪口呆。

眼看战局越发不利,章邯匆匆撤军。楚人见此情形,乐得手舞足蹈。但因粮草即将耗尽,他们只歇了一晚,便再度发动猛攻。

秦兵越打越慌,任凭章邯如何激励,都难以发挥应有的实力。项羽乘胜追击,一连赢了九场,几乎彻底摧毁了敌人的士气。

章邯无力回天,狼狈退回城南大营。王离因稍慢一步落入重重包围,不幸失手被擒。涉间自知逃脱无门,索性投身火海,与营房一道化为灰烬。

各国军将尽皆胆寒,忙不迭地去楚营拜会。项羽听了卫兵通报,冷笑道:"仗打完了才来见我,真是好算计!"说完,他板起面孔,准备召见各国军将。

恰在这时,一队楚兵如旋风般冲来。几个正要入营的将军来不及躲闪,迎面撞上了滚滚沙浪。只见两位将军在营前下了马,走进

大帐,其中一人手持一杆长枪,上面挑着一颗首级。

各国军将虽不知来人姓甚名谁,但都被那股不怒自威的气势所震慑,主动让出了一条通道。后来询问楚将才得知,来人正是英布和蒲将军。他们斩杀了秦将苏角,提了首级前来报功。

五国将领听了,对楚人更加畏惧,不由得跪倒在地,膝行而入。项羽见了这般丑态,心中越发轻视,言语之间也颇为冷漠。

这伙人平白受了一番羞辱,却不敢流露出半点不快。站起身后,他们互相看了一眼,齐声说道:"上将军神勇无敌,我等愿听您调遣!"

项羽自恃勇武,并未推辞,当即回应道:"承蒙诸位厚爱,从此我便接管各军。希望我们同心协力,早日推翻暴秦!"

不久,赵王歇与张耳出城拜谢。项羽碍于两人身份,总算没有再摆出一副臭脸。闲聊几句后,赵王歇告辞回城,张耳则转道去了城北大营,准备好好教训贪生怕死的陈馀。

陈馀自知理亏,见面后一直赔礼道歉。可张耳不依不饶,不仅口出恶言,还怀疑张黡、陈泽之死另有隐情。

面对好友的猜疑,陈馀异常恼火。他一气之下交出兵权,带着几百亲兵归隐山林。张耳也不挽留,自此一人身兼赵国丞相与军事统帅之职。

项羽准备追击秦军,张耳禀明赵王歇后,带着兵马赶去助战。一行人浩浩荡荡,很快就逼近章邯所在的棘(jí)原。

章邯不甘心引颈就戮,组织了二十多万兵卒日夜加固营垒。项羽为求速战速决,打算从正面猛攻,遭到范增的反对:"秦人后方粮草供应不足,注定败亡。我军何不采取围困的战略,坐等他们自行崩溃呢?"

项羽也不想折损太多兵力,便听从范增的建议,在漳河南岸安营扎寨，监视着秦军动向。

章邯焦急万分，命人前去咸阳求援。谁知，赵高忌惮章邯手握重兵，竟扣下奏报，并在秦二世面前进谗言："关东贼匪，不过是乌合之众。章邯徒费钱粮，却迟迟不能平乱，实在是无能。"

秦二世久居深宫，根本不了解外界情况，还以为章邯真的玩忽职守，便下旨痛斥。章邯又气又怕，立即派遣长史司马欣入京申诉。

赵高唯恐罪行败露，暗中阻止司马欣入宫面圣，还计划着杀人灭口。幸好司马欣提前听到了风声，才侥幸逃过一劫。

回到棘原后，司马欣向章邯汇报了自己在京中的遭遇，忧心忡忡地劝道："赵高把持朝政，无时无刻不想陷害我等。将军领军在外，无论有功有过，恐怕都难逃一死。"

章邯一听这话，顿时如坠冰窟。正发愁时，他突然收到一封劝降信，写信人正是失踪多时的陈馀。信中，陈馀陈述了赵高的阴狠和二世皇帝的昏聩，鼓动章邯联合各路诸侯共同抗秦。

章邯再三思量，最终决定放弃抵抗，并派部下始成前往楚营请和。不承想，项羽始终未忘杀叔之仇，扬言要将章邯碎尸万段。

关键时刻，多亏范增从旁劝解，又有曾经搭救项梁的司马欣出面说情，才使得项羽回心转意，同意接纳章邯及所部兵马。

前汉 23. 项羽坑杀秦兵

二世三年（前207年）七月，章邯与司马欣、董翳等人，在洹水南岸正式投降。

项羽封章邯为雍王，派他留守大营；又提拔司马欣为上将军，命他统率二十万秦兵在前开路；自己则引着各国将帅，率领四十万联军徐徐前进。

23. 项羽坑杀秦兵

行至新安时,秦兵因受不了五国士兵欺辱,私下里多有怨言:"章将军诱骗我们做了阶下之囚,天天遭人虐待。若是楚人兵败,不光你我没有好下场,恐怕连妻儿老小也难逃一死!"

各国兵将听了些只言片语,内心惶恐不安,便将事情报告给了项羽。

项羽立刻召见英布、蒲将军,吩咐道:"近日来秦军蠢蠢欲动,不知在做什么打算。我担心这些人日后会临阵倒戈,准备把他们全数处死,只留章邯、董翳、司马欣三人与我等入关。二位将军,这件事就交给你们去做,万万不要留下一个活口!"

英布、蒲将军领了将令,当即回营准备。

夜半时分,英布催动大军,将秦军营寨三面围住,只留出一条通往山谷的小路。

蒲将军则带着麾下兵马,悄悄上山埋伏。

等到各处伏兵就位,英布故意命人袭击秦营。秦兵们睡得正香,忽然听到外面传来喊杀声,顿时惊出一身冷汗。

司马欣不知楚人计划,误认为有外敌入侵,胡乱披了盔甲出门察看,正好迎面撞上了故作焦急的英布,被他劈头盖脸地臭骂了一顿:"您身为秦军首领,怎能放任部下叛乱?要不是我军提前侦破逆谋,还不知要闹出多大的乱子!司马将军,您如果不想被牵连治罪,还是快点去向项将军解释吧。"

混乱之中,司马欣来不及辨别真假,匆匆骑马赶往楚营。

英布看见他消失在茫茫夜色里,便下令封锁营门。

秦兵左冲右突,却发现前、左、右三面均无路可逃,只好拼命奔向后山。奈何山路陡峭,众人又无火把,竟有多半人马跌入谷中。

恰在这时,山头忽然亮起火光。秦兵还以为遇见了救星,正要高声欢呼,却又遭到箭矢、滚石的连番打击。

几个时辰后,东方的天空微微露出鱼肚白,原本喧闹的秦营却一片死寂。

二十万人的尸体横七竖八倒在地上,一眼竟望不到尽头。

英布、蒲将军完成任务,立马回报项羽。司马欣在一旁听到秦兵惨状,简直心如刀绞。但此时木已成舟,他纵使有万般愤恨,也不敢表露分毫。

接下来,联军顺利越过空荡荡的秦军营盘,一路上再无人阻拦。大军长驱直入,来到了函谷关下。没想到,刘邦竟提前派兵把守函谷关,断了他们的去路。

项羽闻讯大怒,下令英布率军攻打关隘。守关的将士不过数千人,很快被英布打退,项羽这才进得函谷关。

原来,刘邦领兵西进之后,一路顺风顺水,唯独在昌邑吃了不小的败仗。

23. 项羽坑杀秦兵

盘踞当地的豪强彭越仰慕沛公威名，领着千余兵众前来助战。谁知秦人抵抗激烈，硬是打退了两支军队的围攻。

刘邦一心西进，不愿在路上耽搁太多时间，便辞别彭越，改道前往高阳。

当时，高阳城内有一位落魄老儒生，叫作郦食其。他名声不佳，却有一肚子的学问，对天下局势也有独到见解。

楚军入城后，郦食其见自己一位同乡在军中担任骑士，便对他说："我想见见沛公，你帮我引荐一下吧。"

那位骑士知晓刘邦脾气，唯恐郦食其触霉头，因此再三劝阻："沛公性情倨傲，尤其是不喜欢儒生。每次见到儒家子弟，他总会变着花样地羞辱对方。您一把年纪，何苦受这份罪呢？"

郦食其捋了捋胡子，满不在乎地说："我与寻常书生不同，想来不会被沛公戏弄。"骑士见他一意孤行，也不好再劝，就在刘邦

面前替他美言了几句。刘邦出于好奇,同意接见郦食其。

可在两人会面之时,刘邦却故意叉开双腿,十分失礼地坐在床上,让侍女伺候他洗脚。郦食其见此情形,故意放慢脚步,从容不迫地走到刘邦身前,高声问道:"沛公引兵到此,是想帮着秦国攻打各国,还是要与各国一道伐秦呢?"

刘邦一听这话,勃然变色,指着郦食其的鼻子大骂:"竖儒胡说八道,是不是活腻了?"

郦食其微微一笑,自顾自地说道:"您要是真心反抗暴秦,又岂会轻慢长者、怠慢贤士?如此看来,沛公也不过是沽名钓誉之辈罢了。"

刘邦听了立即屏退侍女,请郦食其上座,恭敬地向他请教攻秦策略。

郦食其成竹在胸,自信满满地说道:"陈留地处通衢要道,城内又储存着不少粮草,是进可攻、退可守的绝佳场所。沛公若不嫌弃,我愿充作说客,争取不费一兵一卒便拿下此地。"

刘邦听得眉开眼笑,立即派郦食其前去招安。不料,陈留县令视死如归,发誓要与城池共存亡。

郦食其一计不成,又生一计。他一改此前的投降论调,与县令讨论起守城之法。偏偏县令信以为真,不仅请他帮忙守城,当晚还亲自设宴款待。

数杯下肚,县令已喝得醉醺醺的,自行回房歇息去了。郦食其却是个千杯不醉的酒徒,他趁着夜色偷偷打开城门,引导楚军冲进了县城。

守军猝不及防,又无人指挥,刚一交手就落入下风。楚军抓住机会,高歌猛进,不多时便攻占县衙,砍杀了仍在呼呼大睡的陈留县令。

23. 项羽坑杀秦兵

天亮后,百姓得知城池易主,人心惶惶。郦食其赶紧协助沛公张榜安民,顺利消除了秦人心中的疑虑。

24. 赵高杀秦二世

占据陈留后,刘邦论功行赏。郦食其因神机妙算而被封为广野君,自此便留在军中效命。后来他还亲自作保,将弟弟郦商举荐给刘邦。

刘邦授予郦商裨将职位,还命他主持募兵工作。郦商智勇双全,短短数日就招募到四千多人。刘邦颇为惊喜,当即安排他率领四千新兵,协助大军围攻开封。

战斗打响后,开封守将依托城池竭力抵抗,并派人向友军求援。秦将杨熊闻讯,立刻带兵救援。刘邦唯恐腹背受敌,果断放弃开封,转而率军截击杨熊所部。

杨熊不知前方危险,只顾着闷头赶路,结果在白马城与楚军狭路相逢。

秦军猝不及防,首战失利,不得不仓皇撤退。刘邦乘胜追击,很快就在曲遇附近拦住了秦人。杨熊迫于无奈,只得反身应战。

混战之际,张良突然率领韩军赶到,打得秦军首尾不能兼顾。刘邦顺势掩杀,迫使杨熊匆匆逃往荥阳。

秦二世得知杨熊屡战屡败,不久竟下旨将他赐死。消息传来,刘邦顿时感觉压力大减,于是放开手脚,全力帮助张良收复韩地。

两军齐心协力,势如破竹,接连攻占了十多座城池。可就在他

24. 赵高杀秦二世

们计划着一鼓作气光复韩国全境之时,南阳郡守调动兵马,在宛城周围设下重重障碍,逼得刘张联军进退两难。

刘邦见对方守备森严,便率领大军绕过宛城西去。张良认为此举弊大于利,快马加鞭赶上前来说:"宛城军民虎视眈眈,我军怎能安心地在前线摧城拔寨?倒不如趁其不备,拔掉这颗钉子,以免日后坏了大事!"

刘邦觉得有道理,于是采纳了张良的建议。当天晚上,他传令各军以最快的速度杀回宛城。

一夜之间,楚军奔行数十里,终于赶在天亮之前抵达宛城。郡守齮(yǐ)没有料到敌人去而复返,顿时急得好似热锅上的蚂蚁一般。

几个时辰后,楚人在宛城城外设置了三道包围圈。郡守齮越发恐慌,竟生出求死之心。门客陈恢不忍看他白白送命,就劝他向刘邦投降。郡守齮有些动心,但苦于无人引荐。陈恢理解郡守齮的顾虑,主动提出出城游说。

等见到刘邦,陈恢开门见山地说:"我听说楚怀王曾向众将许诺,'先入关中者为王'。而今楚将项羽、赵将司马卬等人昼夜不停地赶往咸阳,沛公却还在忙着对付南阳诸县,岂不是因小失大?不过对您而言,若不尽早拿下宛城,怕是寝食难安吧?"

陈恢一看众人心有戚戚,便趁热打铁,继续说道:"各地郡守、县令拼死力战,并非甘心替秦廷卖命,而是为了自保。沛公如果真想占据关中,只需招降各城守将,保证沿途官吏百姓的生命与财产安全不受侵害,便可长驱直入,绝不会受到半点阻拦!"

刘邦当即答应了,并且封郡守齮为殷侯,陈恢为千户。

郡守齮如释重负,开城迎接刘邦大军,并带领宛城人马跟随刘邦西征。丹水、胡阳等地官民受其影响,也都望风而降。

不久,刘邦占领武关,兵锋直抵秦都。几日后,京中谣言四起,

不少人担心殃及池鱼，便拖家带口地逃离了咸阳。

赵高把持朝政多时，一人只手遮天。可眼下楚军与咸阳近在咫尺，刘邦又多次遣人逼降，他再也无法糊弄和欺瞒秦二世，只好躲在家中装病。

二世皇帝自从登基以来，国事都交给赵高等人处理。如今赵高骤然告病，他就好像失去左膀右臂似的，整日坐立不安。

一天夜里，秦二世梦到一头白虎咬死了銮驾左边的马，吓得大叫起来，全身冒冷汗。

好不容易等到天亮，秦二世迫不及待地召太卜入宫解梦。太卜认真分析了二世皇帝的梦境，解释道："陛下受惊，是因为泾水水神作祟。您只有诚心祭拜，才能消灾解难。"

秦二世信以为真，立马前往泾水岸旁的望夷宫祭神。其间，左右侍臣见赵高不在旁边，说出天下烽火四起，刘邦率领大军已经攻下了武关。二世皇帝大惊失色，急忙遣人责问赵高，并命他调兵遣将剿灭叛军。

赵高无计可施，又怕秦二世降罪，索性逼迫弟弟赵成与女婿阎乐发动宫廷政变。不到半日，负责值守宫禁的侍卫被他们杀得死伤殆尽。幸存的士兵、仆役见大势已去，四散奔逃，只留下满头雾水的二世皇帝在殿内等待死神降临。

不多时，阎乐披甲执剑，杀气腾腾地闯入内殿，强令秦二世自裁。胡亥面如土色，又不甘心引颈受戮，提出再见赵高一面。阎乐不愿节外生枝，果断地拒绝了二世皇帝的要求。

胡亥深感绝望，但仍不愿放弃一线生机："丞相所作所为，无非是要让朕退位，何必闹得你死我活？只要诸位退出望夷宫，朕便舍了江山，去做一郡之王。"

一众叛军听了这番天真言论，忍不住哄堂大笑。胡亥见此情形，

24. 赵高杀秦二世

如坠冰窟，又自行降低谈判条件："既然不许为王，那寡人做一个万户侯亦无不可。"

阎乐冷笑着摇了摇头。胡亥心如死灰，用近乎哀求的语气说道："我愿去做平民百姓，放我一条生路好不好？"

"您辜负天下黎民，合该受死，还啰唆什么？"说完，阎乐挥动手臂，示意军卒上前诛杀二世皇帝。

生死关头，胡亥情知回天乏术，高声喝退了准备动手的士兵。他向阎乐讨要了一柄利剑，亲手终结了自己的生命。

25. 刘邦进驻咸阳

秦二世自杀后,赵高本想篡位夺权,可又担心世人非议,便召集皇室宗亲与文武大臣,公开宣布:"先帝昏庸暴虐,几乎葬送了江山社稷,如今暴殒轻生,也是罪有应得。综观宗室诸人,唯有公子婴仁爱宽厚,理应继承大统。只不过,大秦此时众叛亲离,疆土也日益缩小,保留帝号无异于自欺欺人,倒不如恢复旧制,仍然称王。"

众人心有不满,但畏惧赵高淫威,只能连声诺诺。然而,公子婴早已看穿了赵高的把戏,并不甘心做任人宰割的傀儡(kuǐ lěi)。等到祭祀太庙之时,他故意装病,将赵高诱至府中,联合两个儿子和心腹太监韩谈,将其乱刀砍死。紧接着,子婴又派士兵逮捕赵成、阎乐,并下令诛杀赵高三族。

赵高等人伏诛后,子婴祭告祖庙继位,随后派遣兵将前往峣关防御楚军。

探骑侦得秦廷局势突变,回来上报。刘邦担心伐秦大业会受到影响,便打算尽快率军突击。张良却认为秦军虽损兵折将,但仍有相当强的实力,反对直接动武:"峣关守将贪财好利又胆小谨慎,只要给些钱财,再多设疑兵,还怕他不投降吗?"

刘邦觉得张良言之有理,便安排郦食其入关送礼,同时驱使

25. 刘邦进驻咸阳

士兵将军旗插满峣山。

秦将在城楼上巡视,正好望见关外遍布楚国旗帜,险些吓得肝胆俱裂。就在这时,郦食其突然登门拜访,半是威逼半是利诱地劝他投降。

秦将早就畏敌如虎,又贪图金银珠宝,不等郦食其说完,便抢着立誓:"请沛公放心,我很愿意协助贵军攻打咸阳!"

郦食其收到对方的承诺,第一时间回营报信。刘邦闻讯后,也是欣喜异常,恨不得立刻前去接收峣关,不料却被张良制止:"就算守将诚心归顺,也未必能代表所有人的想法。万一有人图谋不轨,您此去岂不是羊入虎口?为了安全起见,我军应当出其不意,攻其不备,以免陷入被动。"

这番话犹如一盆冷水,瞬间就让刘邦冷静了下来。他沉吟片

刻后，唤来周勃面授机宜。

周勃领了军令，即刻带兵翻越蒉（kuì）山，潜至峣（yáo）关背后。待到时机成熟，他便催动大军进袭秦营，亲手斩杀了正做着春秋大梦的守将。

峣关失守后，蓝田全境也随之陷落。沛公领军长驱直入，很快就逼近与咸阳相距不足百里的霸上。

秦王子婴缺兵少将，又自知沿途无险可守，心中万分绝望。不久，刘邦遣使招降。他迫于无奈，只好捧着传国玉玺，向沛公俯首称臣。

楚军入城后，不少部将强烈要求处死子婴，刘邦却力排众议，只将对方软禁。消息一经传出，不少秦人被沛公的胸怀所折服，纷纷放弃抵抗。刘邦顺势进驻咸阳宫，并派兵接管了各处府库。

这些士兵大多出身贫苦，见了金银珠宝一拥而上，只有萧何径直走向丞相府，接管了秦朝的一些典籍文书。就连刘邦本人也沉浸在富贵温柔乡中不可自拔。

樊哙见沛公被咸阳的繁华迷花了眼，忍不住冒死进谏，却碰了个软钉子。张良看不下去，入宫规劝："项羽在关外虎视眈眈，沛公却只顾着享乐，难不成要走秦朝灭亡的老路？"

刘邦一听这话，幡然醒悟。几日后，他下令封闭府库宫室，只带着萧何搜集的秦朝图籍文献，重新回到霸上驻扎。

又过了几天，刘邦请来当地豪杰，又齐集大小将校，当众约法三章："杀人偿命，伤人、偷盗判刑。"

父老乡亲被暴秦的严苛刑法害得很苦，如今见沛公不仅宽仁以待，还约束手下不扰民，再三称赞沛公仁义，秦地官吏百姓无不心悦诚服。

眼看着憧憬多年的太平日子就要来临，有人却偏偏故作聪明，

25. 刘邦进驻咸阳

怂恿刘邦封锁函谷关,好在关中称王。于是便引出了项羽命令英布攻打函谷关一事。

函谷关被攻破,四十万项家军一路疾驰,赶在天黑之前抵达鸿门,与沛公驻军遥遥相对。

刘邦帐下的左司马曹无伤听说项羽大军压境,内心惶恐不安,便偷偷派人告密:"沛公试图以子婴为相,独霸关中,还望将军小心。"

项羽接得密报,越发愤怒。范增本就忌惮刘邦,趁机警告:"沛公早年重财好色,现在入了关中却分文不取、坐怀不乱,当真是可疑至极。更何况,我派人望气,发现他的军营上空盘踞着龙虎形状的五彩云气,显然有天子之象。如果不早早除去,恐怕后患无穷!"

项羽愤然作色,传令道:"通知将士们,今晚吃饱喝足,明日一早便随我去剿灭刘邦!"

项羽的叔父项伯也在营中,他听说范增的计策后不由得心头一紧:"我年轻时因怒杀人,辗转逃至下邳,多亏张良照顾才免遭牢狱之灾。眼下他在刘邦帐下做事,一旦两军开战,难免不会发生意外!"

想到这儿,项伯心急如焚,赶紧寻了匹快马,趁着夜色悄悄奔向沛公军营。

26. 鸿门宴

项伯到了沛公军营,二话不说就要拉着张良逃命。张良问清原委,却坚持进帐向刘邦汇报。

刘邦听了又悔又怕,急忙请张良帮忙引见:"项伯既然比子房年长,那便也是我的哥哥。我愿以礼相待,只求他能代为转圜(huán)。"

张良情知项伯不想声张,但为了替沛公解围,还是硬着头皮前去邀请。项伯果然不愿意,说道:"我念着往日情分,特地冒死前来救你,怎能去见沛公呢?"

张良见项伯要动怒,赶紧安抚他:"如今天下未定,刘、项两家理应精诚合作,怎能自相残杀?如果真的两败俱伤,对我们大家都不利。"

项伯听完这番说辞,态度已不似之前坚决,但仍有点不情不愿。张良又耐心劝导了许久,这才成功打消对方的顾虑。

不多时,两人来到中军大帐。刘邦摆酒设宴热情款待,和张良频频起身敬酒,把气氛营造得十分热络。

酒过三巡,菜过五味,刘邦忽然放下酒杯,叹着气说道:"我进入关中后,封存府库财宝、统计吏民信息,专心等待上将军接收咸阳。之所以派遣军队驻守关塞,是因为盗贼猖獗,绝非外界所传

26. 鸿门宴

打算自立为王。关于这一点,还请项伯兄费心讲明,免得造成更大的误会。"

项伯半信半疑,回答道:"既是沛公所请,如遇有机会,项伯自当尽力。"

张良看出老友并无诚意,稍加思索后,他假装随意问起项伯的子女,又自作主张地替刘邦说媒。刘邦立即想通了其中原委,连声答应下来。项伯这才喜笑颜开。

回营后,项伯在项羽面前不遗余力地替刘邦说好话:"若非沛公先行破关而入,我军怕是还要再费些周折,才能进抵关中。将军不嘉奖也就罢了,竟还要血洗霸上,怕是会让众将士寒心。"

项羽愤愤不平,说道:"刘邦派兵把守函谷关,完全不把我放在眼里。此等奇耻大辱,叔父难道忘了?"

"将军统领数十万精兵强将,沛公纵使有十个胆,也不敢拦你啊。"说完,项伯又把在沛公营内听来的所谓真相,原封不动地讲了一遍。项羽听了项伯一番话,心里动摇了起来。

很快,旭日东升,天色渐明,项羽却迟迟没有下达进攻霸上的命令。

没过多久,刘邦带着张良、樊哙等人,忐忑不安地赶来鸿门请罪。在披甲执锐的士兵凌厉的目光下,刘邦走进大帐中,见项羽端坐在高处,他立即倒身下拜,向项羽请罪。项羽却冷笑着不置可否。

刘邦摸不透项羽的真实想法,生怕一言不合就送了性命,因此回话之时格外谦卑:"我仰仗上将军的威名才得以入关破秦,怎么敢妄称关中王?今日专程拜见,一来是要向您述职,二来则是为自己申冤。"

范增深知项羽性格,唯恐他落入圈套,抢着说道:"你作为讨秦联军的将领,纵容属下拒我大军,是为不察;目无楚怀王私入皇

宫，是为不臣；占据关中，厚待恶吏，是为不仁；巨鹿之战袖手旁观，是为不义。如此不察、不臣、不仁、不义之人，也好意思说自己冤枉？"

刘邦惊得一身冷汗，壮着胆子见招拆招："刘季入关以来，所作所为有目共睹。某些人却造谣生事，不仅污蔑我背弃楚怀王，还企图挑拨上将军与我的兄弟之情，敢问是何居心？"

范增没想到刘邦这般难缠，一时竟有些语塞。项羽见此情形，误认为范增心虚，竟主动起身赔礼："都怪曹无伤胡言乱语，否则我也不会错怪你。"话音刚落，他又大声吩咐左右："快去布置宴席，莫要耽误我与沛公痛饮。"

酒宴上，刘邦始终不敢放松警惕，项羽却好像完全忘记这回事似的，只顾与沛公把酒言欢。

范增一心要置刘邦于死地，频频示意项羽尽快动手。可项羽装聋作哑，范增看在眼里急在心里，只能偷偷唤来项庄，嘱咐他寻机刺杀刘邦。

项庄拎着宝剑走进大帐，一边给沛公斟酒一边说道："沛公远道而来，不可怠慢。不如由我舞剑，为大家助助酒兴。"

项羽也不阻拦，索性任由他施展。项庄抱拳行了一礼，便拿起剑在帐内挥舞起来。

张良发现项庄的剑锋频频逼近刘邦，慌忙用眼神向项伯示意。项伯心领神会，立即起身说："独舞也算精彩，但终归比不得对舞动人心弦。庄儿，叔父来加入你。"说着，他拔出佩剑接住项庄的剑招，将刘邦完全护在了身后。

刘邦看着划过身前的利刃，心提到嗓子眼儿上了。张良越看越着急，便借故离开帅帐，找到候在外面的樊哙，对他说："项庄打着舞剑的幌子，有意谋害沛公！"

樊哙一听说沛公有难，顿时将规矩抛在脑后，左手持盾、右手

26. 鸿门宴

执剑，硬闯入大帐中，目露凶光地盯着项羽及其麾下的一众将领。

项庄、项伯诧异地望着他，手中的动作也全都停了下来。项羽见有人乱闯，惊怒交加，喝问道："何人在此闹事？"

张良立即抢先站出来介绍樊哙的身份。项羽听罢，笑道："原来是沛公手下的壮士！来人，赐酒赐肉！"

侍从马上端来一大杯酒，又送上一只生猪蹄。樊哙横盾挺立，先一口喝干了酒，而后狼吞虎咽地吃光了肉。

项羽偏爱勇士，对樊哙的豪爽格外赞赏。樊哙粗中有细，趁着项羽高兴，委婉地批评道："沛公平定关中，安抚百姓，着实费了许多心血。上将军不但不嘉奖，反而听信谗言，难免让功臣寒心。"

项羽被说得哑口无言，只好借着喝酒掩饰尴尬。刘邦趁机编了个上厕所的借口，悄悄走小路逃回了霸上。

# 27. 范增用计困刘邦

刘邦逃跑后,张良反身走回帅帐。项羽醉眼蒙眬,见刘邦久去不归,才后知后觉地问道:"沛公呢?怎么还没回来?"

张良上前替刘邦答话,拿出早就备好的一双白璧献给项羽,又把一对玉斗送给范增。张良行了一礼,说道:"楚营诸将,对沛公多有不满,恨不得除之而后快。沛公担心他们行差踏错,既损害反秦联军实力,又会连累上将军遭受世人耻笑,因此提前离席。"

范增见计谋失败,明白大势已去,气得把玉斗摔在地上,一剑砍作两半。项庄上前劝慰,反被他呛了一句:"上将军优柔寡断,万万不是沛公对手。不出三五年,你我都得做阶下之囚!"

项羽见范增发怒,竟抛下众人,拂袖而去。范增等人也阴沉着脸,径直走出了大帐。项伯与张良相视一笑,各自离开了。

刘邦回到霸上后,立即处死了曹无伤,又听得张良安全归来,心情顿时大好。

几天后,项羽率军进占咸阳,处死秦王子婴及大批皇亲国戚,并将后宫美女、府库财宝劫掠一空。他又下令在咸阳宫、阿房宫等处恶意纵火,把耗费海量人力、物力所营造的亭台楼阁与一众文献典籍统统烧成了灰烬。

熊熊大火持续了三个月,项羽却不满足,竟又组织三十万大军,

27. 范增用计困刘邦

大肆盗掘秦始皇陵。直到把原本富庶繁华的咸阳,折腾得好似人间炼狱之后,他才收拢兵将,盘算着荣归故里。

东归的消息传开后,读书人韩生认为不妥,劝说项羽道:"咸阳地处关中要塞,土地肥沃,物产丰饶,可谓一等一的宝地。您若在此定都,何愁霸业不成?"

项羽摇了摇头,说:"我立下了不世之功,自然要回江东让父老乡亲们知晓,不然与那些在深夜里穿一身华美衣服的傻子又有什么区别?"

韩生听了极其失望,私下里与人议论:"上将军徒有虚名,却无长远打算。如此看来,倒也真是符合楚人沐猴而冠的传言。"

这番话被旁人听去,并且报告给了项羽。项羽当即命人逮捕韩生,将他抛进了滚烫的油锅。

数日后,项军收拾妥当,准备启程返乡。可在临行之前,项羽

忽然意识到一个严峻的问题："我这一走，岂不是白白便宜了刘邦。不行！我绝不能让他独霸关中。"想到这儿，他立马派人赶回彭城，想让楚怀王下令，将刘邦调往他处。可楚怀王无视项羽的请求，坚持按照旧日盟约行事。

项羽大为恼火，即刻召集联军将领，商议道："楚怀王名为共主，却寸功未立，哪有资格分封王侯？与其受他的闲气，不如由我论功行赏！诸君意下如何？"

各国主帅对项羽畏之如虎，又都想称王封侯，所以无人反对。项羽非常满意，当即决定尊楚怀王为义帝。他又请来范增，商量拟定册封的事宜。

范增一向视刘邦为心腹大患，趁机苦劝项羽消灭他。可项羽顾及名声不肯痛下杀手。

范增无可奈何，只好建议："巴蜀地势险要易进难出，且隶属关中，不如分给刘邦。"项羽表示赞同，只是还有几分顾虑："假如刘邦趁我东归，逃离蜀地，那可就麻烦了！"

范增又说："将军只需让章邯、董翳、司马欣分别称王，驻守关中，便足以困死刘邦！"项羽如释重负，放声大笑："亚父真乃神人也，竟能想出这般妙计！"说罢，他又与范增逐一敲定各将的王号以及封地。

项伯将刘邦被封为蜀王的消息，悄悄派人送信告诉刘邦。刘邦听说后气急败坏，樊哙、周勃、灌婴等大将见主公受辱，都摩拳擦掌，想要和项家军决一死战。

关键时刻，萧何进言："我军人马不足、粮草短缺，一旦与项军开战必死无疑！为今之计，应当先求生存，再图发展。"刘邦听了怒气稍平，但仍心有不甘。

张良的看法与萧何相同，他说："事已至此，沛公不妨求助项伯，

27. 范增用计困刘邦

拿到汉中的地盘,为日后反攻三秦做打算。"

刘邦趁着册封的命令还未下达,备齐金银珠宝,偷偷差人送给项伯。

项伯收到金钱,又看上两人的情分,赶前忙后地替刘邦说情。项羽再次犯了心软的毛病,同意将汉中划给刘邦,还改封他为汉王。

裂土封王的命令颁布下来,项羽自称西楚霸王,定都彭城。他拨出三万兵马,以护送沛公的名义,全程监视汉军前往封地。

28. 韩信拜将

刘邦受了项羽的胁迫，不情不愿地离开了霸上。诸国将士仰慕沛公贤名，纷纷改换门庭，与汉军携手西行。各方聚拢起来，竟也有数万兵马。项羽心生忌惮，强逼韩王成召回张良，试图借此削弱汉军实力。

张良不想连累旧主，便在褒中与沛公一行分道扬镳。临别前，他秘密嘱咐刘邦："项羽疑神疑鬼，始终怀有戒心。赵、魏等国两面三刀，恐怕也抱着浑水摸鱼的心思。大王若想安心发展，不妨烧掉出入汉中的栈道，既能麻痹项羽，也可警告诸侯。等到日后兵强马壮，您再挥师东进，定能打他们一个措手不及。"刘邦点头表示赞同。

张良来到队伍后面，等众人都过了栈道便命令放起火来。很快，一望无际的栈道燃起熊熊大火。汉军部卒不明真相，只道是后路断绝，心里懊恼不已。项羽听说此事，自以为高枕无忧，乐呵呵地率军赶赴江东故里。

韩王成向来不受待见，想趁此机会还归本国，结果却被强行带到了彭城。一连住了几个月后，他壮着胆子再次请求返回韩国。不承想，项羽翻出旧账，以"灭秦无功""驭下不严"为由，将韩王成赐死。

28. 韩信拜将

烧栈道 张良定计

又过了段时间，燕王韩广因拒绝迁往辽东，惨遭旧部臧荼（tú）击杀。项羽枉法徇私，不仅不惩处臧荼，还将韩广封地转赠给了他。

各国领袖深感不满，自此离心离德，天下局势也越发混乱。不到一个月，齐将田荣起兵驱逐齐王田都，又杀死胶东王田市、济北王田安，公开与项羽叫板。随后，他又借兵给赵将陈馀，帮忙赶走了获封赵地的常山王张耳。

项羽听闻齐、赵剧变，大为光火。可不等他有所行动，大批残兵败将骤然涌入江东，四处宣扬关中陷落的消息。

突如其来的变故，好似晴天霹雳一般，震碎了彭城的宁静。原本一向稳重的范增也不复往日从容，匆匆派出兵卒探查详情。

几日后，侦骑自前线归来，言称汉军主帅乃是韩信。项羽听后，心里就像打翻了五味瓶，半是懊恼半是愤恨地说："韩信本是军中的执戟郎中，总爱说些奇谈怪论。寡人宽容大度，从不怪罪，谁知

此人竟以怨报德,与楚为敌,真是可恶至极!"范增早年轻视韩信,如今也是悔不当初。

原来,韩信离楚入汉之初,仅被授予连敖一职。他不甘心在基层厮混,时不时就对人抱怨。有一次,韩信酒后失言,被军法官判处死罪。临刑前,他仰天高呼:"汉王欲得天下,怎能滥杀壮士?"

监斩官夏侯婴听了感到很诧异,他走到韩信身前,与他攀谈了起来。

韩信明白生死在此一举,便使出了浑身解数。夏侯婴见他说得头头是道,顿时生出爱才之心:"你有这身本领,确实不该窝窝囊囊地死在这儿。"说完,他随手一挥,命刽子手解了韩信身上的绳索。

事后,夏侯婴主动找到刘邦,替韩信讲了不少好话。刘邦也没多加追究,还提拔韩信做了治粟都尉。

丞相萧何听说夏侯婴特别器重韩信,将他召入相府,亲自考察。韩信满腹经纶,侃侃而谈,近乎完美地展示了自己的文韬武略。

萧何喜出望外,不惜亲自出面举荐韩信。可没想到,刘邦拖了一月有余,始终没有赐下一官半职。韩信心灰意冷,索性收拾行囊,不辞而别。

军中有人发现韩信孤身离去,慌忙报知上官。萧何闻讯后,立即骑上一匹快马火急火燎地追了出去。刘邦不明就里,误认为丞相出逃,急得茶不思饭不想。

两天后,萧何带着好不容易劝服的韩信回到军营。刘邦得知丞相去而复返,不禁转忧为喜。等到萧何前来觐见,刘邦故意板着脸,臭骂道:"我视你为手足,你却做逃兵?"

萧何不慌不忙地回答:"臣对大王忠心耿耿,怎敢逃之夭夭?之所以连夜离营,只是想追回治粟都尉韩信罢了。"

"韩信?"刘邦听完这套说辞,不觉勃然变色:"从咸阳到南郑,

28. 韩信拜将

逃亡的兵将不知有多少,你却偏偏舍不得一个负责军粮的小官?你这分明是骗我!"

萧何连连摇头,耐心解释道:"正所谓三军易得,一将难求。大王若不用韩信,只怕得终生蜗居南郑。"

刘邦听了半晌,态度已不似之前那般强硬,唯独心底尚有几分顾虑:"樊哙、曹参、卢绾、周勃、灌婴等人,个个劳苦功高,又都眼巴巴地惦记着大将军的位子。我贸然起用一个不知名的人,能让他们信服吗?"

萧何上前一步,郑重地说道:"大王挑选大将军,是为了汉军的长远发展,而韩信正是可堪大用的将帅之才。"

刘邦最终听信萧何建议,吩咐礼官挑选吉日,在郊外筑起一座巍峨壮丽的拜将坛。斋戒三日后,刘邦登上高台,亲手将金印、虎

符和斧钺交给了韩信。

曹参、卢绾等人希望落空，果然吵得不可开交。韩信借着汉王威名，暂且控制住了局面。事后，他选将练兵，又定下出汉中、图天下的绝佳战略。一众老将见韩信确有真才实学，这才收敛脾气，不再与他作对。

 前汉 | **29. 汉军出击**

汉王元年（前206年）八月，韩信派出数百兵士，制造出修筑出蜀栈道的假象，背地里却亲率大军，沿着小路离开了南郑。

章邯一时大意，并未识破韩信的计划，仍全力防守栈道。汉军顺势奔袭陈仓，一举击溃雍国守军。

败将残兵心孤意怯，争相逃回废邱示警。章邯大吃一惊，急调大军援救陈仓。

行至半途，两军狭路相逢。汉军越战越勇，打得雍军节节败退。章邯不肯轻易认输，当即收拢部卒，反身再战。

韩信居中调度，指挥樊哙、灌婴、周勃分头夹击，杀得雍军丢盔卸甲。章邯无力回天，被迫退守废邱。

汉军乘胜追击，接连攻克好畤、咸阳。章邯越发惶恐，整日带着章平、赵贲等部将巡视城墙。怎奈韩信技高一筹，竟然趁着夜色，引水淹没废邱。

刹那间，急流汹涌而至，将巍峨巨城冲得七零八落。百姓遭此横祸，无不奔走哭号。章邯心惊胆寒，匆匆逃往桃林。

汉兵瞥见章邯走脱，层层上报。樊哙等人立刻衔尾追杀，最终逼得章邯自刎而亡。

雍地陷落后，翟王董翳、塞王司马欣自知不敌，相继投降。张

耳被齐、赵联军驱逐后东躲西藏，眼看着刘邦声势渐隆，干脆也率众归附。

一时间，汉王旗下兵强马壮，威震三秦。楚国侦骑探得情报，急忙回禀。项羽听完后暴跳如雷，叫嚷着要立即攻打汉军。恰在这时，彭越击败楚将萧公角，将魏地搅得一团糟。项羽顾此失彼，心情越发焦躁。

张良避居韩地，听闻天下局势突变，立即写信哄骗项羽："汉王再次占领关中，虽然行为很不妥，但也只是依循义帝当年之约，想来不会再进半步。相较而言，齐、赵、魏三国彼此勾结，分明存着灭楚的心思，大王不可不防！"

项羽有勇无谋，竟听信了张良，毅然决定攻打齐国。范增苦劝不成，只能随军攻齐。刘邦闻讯大喜，马上派韩襄王庶孙韩信带兵攻略韩地，同时力邀张良入幕当职，封他为成信侯。

没过多久，郦商奉命北伐，一连拿下数郡之地。刘邦渐觉根基深厚，便吩咐薛欧、王吸会同王陵，前往沛县迎接妻儿老小入关团聚。

薛、王二人唯恐迟误，即刻率队出发。谁知刚刚走到阳夏，他们就遭到楚兵拦截。汉军左冲右突，始终难以前进，只好禀明刘邦，暂时撤回各自防地。

项羽闻得捷报，更加狂妄自大。隔了几日，他竟密令九江王英布、衡山王吴芮和临江王共敖截杀义帝。

英布情知兹事体大，又不敢忤逆霸王钧旨，便横下一条心，安排心腹逆流而上，在临近郴州的长江水道中除掉了楚怀王熊心。

衡山军与临江军晚来一步，发觉任务已然完成，也懒得再趟浑水。九江兵隔着船打了声招呼，随即带着搜刮来的金银珠宝驶离了案发水域。

回城后，带队将军遣散兵卒，独自入殿汇报。英布长叹一声，

29. 汉军出击

命人火速赶去楚营报信。

项羽得知义帝做了水中孤魂,顿时感觉去了一块心病。接下来他带着楚军攻城拔寨,成功把齐王田荣从城阳赶到了平原。

平原子民并未受过田荣恩惠,如今田荣反强逼他们筹措粮草,满城老少怒不可遏。他们纠集上万人,径直闯入齐营,将田荣活活打死。

齐兵势单力薄,也顾不得为主公报仇,便仓皇出逃。项羽见齐人自相残杀,趁乱攻入平原,大行烧杀抢掠之事。

齐地军民深受其害,自发拥戴田荣之弟田横为王,合力赶走了楚人扶植的国君田假。

田假早年被田荣夺走王位,如今再度失国,几乎沦为笑柄。项羽大失所望,索性一刀结果了他的性命。

随着田假惨死,齐、楚纷争渐趋白热化。项羽自恃兵强马壮,屡屡进犯城阳。齐国上下齐心协力,竟如磐石一般挡住了楚军的如潮攻势。

项羽气急败坏,恨不得立时就将城阳碾成齑粉。奈何手段用尽,楚军也未能攻破城门。

苦战一个多月后,项羽突然接到一封殷王司马卬寄来的求助信——原来,刘邦趁齐、楚鏖(áo)战,先后降服河南王申阳、韩王郑昌,眼下正派韩信、樊哙等大将围攻朝歌。司马卬孤木难支,因此向项羽告急。

项羽有心剿灭刘邦,可又不想轻易放过齐人,于是拨给都尉陈平一队兵马,命他打着"霸王"的旗号赶往朝歌支援。

殷国将帅误以为项羽将会率大军赶到,渐渐失去警惕之心。韩信审时度势,佯装撤兵。司马卬贪功冒进,不等调查清楚便出城追赶,结果落入重重埋伏,兵败被擒。

几天后,侦骑打听到朝歌陷落的消息,飞马还报陈平。陈平昼夜兼程,却寸功未立,口中唏嘘不已。不过事已至此,他也无能为力,只得原路折返。可没想到,项羽不分青红皂白,责怪陈平贻误战机,还准备将他治罪。

陈平为求保命,被迫弃官出逃。流亡了一阵后,他辗转来到阳武,投奔老友魏无知。

魏无知十分钦佩陈平能谋善断的本事,便把他引荐给了汉王。陈平深知机会来之不易,主动将楚国的兵力配置和盘托出,并且力劝刘邦偷袭彭城。

刘邦知道了楚军底细,自然跃跃欲试。经过一番细密筹备,汉军拔营东进,浩浩荡荡地杀奔楚国王都。

 前汉 | 30. 刘邦兵败彭城

新城老翁董公向来厌弃项羽，打算帮助刘邦。只等汉军行抵洛阳，他就主动拦路献计："项羽冒天下之大不韪，遣人谋害义帝，惹得天怒人怨。大王既要兴兵伐楚，正好利用此事，也算是师出有名。"

刘邦连连点头，顺势邀请董公参掌军政。董公手拈长须，婉

言谢绝:"小老儿年迈多病,难堪大任。"说完,他抱拳行礼,飘然而去。

望着董公背影,刘邦遗憾地叹了口气。随后,他按照老人所授方法,大张旗鼓地替义帝发丧,命令全营将士身着素服三天,同时派遣使者分赴各国,号召诸侯合力抗楚。

西魏王魏豹怨恨项羽分封不公,率先响应。赵相陈馀也想附和,可又不满汉王收留昔日政敌,因此提出一个条件:"只要汉王杀了张耳,赵人就听从号令。"

刘邦不忍心杀死张耳,便在军中寻了一个相貌相似的替死鬼,砍下脑袋送去信都。陈馀信以为真,立即调遣大军前往汉营助阵。

刘邦收拢了塞、翟、韩、魏、殷、赵、河南各路人马,总共查得五十六万人。不久,他召开军事会议,当众宣布新的作战方案:"大将军率本部兵马坐镇河南,以防项羽侵扰秦地。其余人等,随本王直捣彭城!"

众将轰然应诺,护卫着刘邦向东挺进。不多时,联军抵达外黄,进行短暂休整。彭越趁机求见,报称:"末将转战魏地,现已攻取大小城池十余座,特来拜谒大王。"

刘邦对彭越的战绩早有耳闻,于是顺水推舟,将他封作魏相。彭越心满意足,立刻走马上任。

联军拔营东进,很快将彭城团团围住。楚国精锐尽皆在外征战,城内只有几千老弱残兵留守。面对城外的虎狼之师,这些人无不胆战心惊。

没过多久,守军扛不住层层重压争相逃亡,刘邦不费吹灰之力便占领了楚国王都,不由得眉飞色舞。

只可惜,胜利的滋味虽然甘甜,但也足以腐化人的斗志——整整半个多月,刘邦只顾躲在温柔乡里醉生梦死,一众将帅有样学样,

30. 刘邦兵败彭城

也都躺在功劳簿上纵情享乐。

与此同时,项羽从溃卒口中得知彭城失守,急忙撤下攻齐大军,亲率三万精兵回援。他从鲁地绕道胡陵,自北向南直扑萧县。黎明时分,楚兵突然出现,将驻守在萧县东南的汉军悉数歼灭。紧接着,他们一路向东,赶在中午前杀到彭城。

汉军见楚军好似从天而降,来势凶猛,都吓得心神慌乱。刘邦着急忙慌地升帐议事,指挥大军迎战。无奈楚兵楚将在霸王的率领下,犹如猛兽一般,在队伍中横冲直撞,杀得刘邦等人大败而逃。

混战之中,殷王司马卬不幸战死。塞王司马欣、翟王董翳见势不妙,临阵倒戈。汉、赵、韩、魏、河南等国兵将辗转逃到灵璧,却被睢水拦住去路。眼看着追兵将至,他们把心一横,如同下饺子一般跳入水中。这一仗,联军大约有四十万人丢了性命。

刘邦自知大势已去,夺路而逃,却被敌军堵了个正着。危急关头,一阵大风穿山过林,掀起漫天沙石,楚兵被吹得晕头转向,站立不稳。刘邦瞅准机会,单人独骑逃出重围。楚将丁公见他走脱,立即带兵追赶。

刘邦慌不择路,始终无法脱身。情急之下,他不顾身份,高声求饶:"你我都是贤人,为什么要自相残杀?丁将军,还是放我离去吧!"

丁公向来敬佩汉王贤名,不由得喝住麾下士兵,拔马回营。刘邦心里不免松了一口气,纵马狂奔而去。

一连跑了几十里后,天色渐渐昏暗。刘邦饥饿难忍,便环顾四周,想要寻找人家讨口饭吃,歇息一晚。可附近都是荒山野岭,并无半点人烟。

又行了好几里后,点点灯光穿过树隙猛地闯入刘邦眼帘。他大笑一声,当即策马前进。

很快,刘邦来到一座小村落,恰好遇到饮酒归来的戚公。戚公见眼前之人器宇不凡,便将他带回家中。

闲谈时,刘邦向戚公表明了身份,引得戚公倒头就拜。到家后,戚公赶紧吩咐女儿戚姬准备好酒好菜款待贵客。

戚姬年方二九,出落得亭亭玉立,刘邦见了颇为心动。戚公有心与汉王结亲,主动提起婚嫁之事:"早年间,有个相士为小女相面,说她命中当遇贵人。若是大王不嫌弃,就让这孩子服侍您可好?"

刘邦满心欢喜,又见戚公诚心结亲,便答应下这门亲事。

前汉 | 31. 刘邦弃子逃命

第二天一大早,刘邦吃过早饭,便向戚家父女辞行。戚公百般不舍,劝他多住几日。戚姬红着双眼,更是苦苦挽留。

刘邦越看越不是滋味,握住戚姬的手深情承诺:"待到形势好转,我一定来接你们爷俩。"说完翻身上马,独自离开了村子。

也不知走了多久,刘邦突然听到一阵急促的马蹄声。他以为是追兵,急忙拽着马钻进了树林中。

不多时,数百骑兵呼啸而过。刘邦透过树隙仔细一瞧,发现领头的是部将夏侯婴,这才走了出来。夏侯婴已被封为滕公,但他常为汉王驾驶马车。此番与汉王分散,他驾着马车找了一个晚上。夏侯婴见是汉王,急忙喝住队伍,恭恭敬敬地把他扶上了车。

一路上,有很多难民与他们同行。夏侯婴执着缰绳,突然猛地停住马车,指着两个衣衫褴褛的幼童,喊道:"大王快看,那两个小孩是不是公子和小姐?"

刘邦顺着夏侯婴手指的方向看去,惊呼道:"没错,是乐儿和盈儿!夏侯婴,快去把他们接过来!"

夏侯婴应了声"喏",扭身跳下车,把刘乐、刘盈抱了上来。姐弟俩见了父亲又惊又喜,刘邦问起他们怎么在这里。刘盈抽着鼻子,呜咽道:"我们原本跟着祖父和母亲出来找您,谁知竟被乱兵

冲散了。"

正说着,远处忽然尘头大起,隐约看见几面楚国军旗。刘邦大吃一惊,连连催促夏侯婴加快速度。夏侯婴干脆跳了下来,亲自到后面为汉王推车。

可追兵还是越来越近,为首的是楚将季布。刘邦吓得冷汗直冒,为了减轻载重提高车速,竟然把一双儿女全都推下了马车。夏侯婴心有不忍,把两个哇哇大哭的孩子抱回了车里。可刘邦又一次将他们推下车,夏侯婴看不下去,再度抱回两个孩子。

连续数次过后,刘邦怒斥夏侯婴多管闲事。夏侯婴梗着脖子,据理力争:"大王,他们可是您的亲生骨肉,难道就任其自生自灭吗?"

刘邦又气又惭,伸手拔出宝剑要杀了夏侯婴。夏侯婴见他恼羞成怒,便让别人驾车,自己带着刘乐、刘盈策马前行。

最终季布追赶不上,索性拔马回营了。

刘邦侥幸逃出生天,又像没事人儿似的唤来夏侯婴,一同前往下邑投奔大舅子吕泽。流散各地的残兵败将听闻汉王下落,纷纷赶来会合。休整一番后,众人护卫着刘邦,齐齐移师砀县。

恰在这时,楚兵抓到了刘太公、吕雉和王陵老母。霸王项羽以此威胁刘邦与王陵,想要逼迫他们投降。

刘邦得知家眷身陷囹圄,心中悲痛万分,却坚决不肯束手就擒。王陵称霸一方,并不乐意拱手而降,可又害怕母亲遭遇不测,一时陷入两难境地。

王母不想连累儿子,竟在楚营中拔剑自刎。王陵收到噩耗悲怒交加,自此他正式投靠汉王,铁了心地与项羽为敌。

刘邦新得一员大将,本该欢欣鼓舞。偏偏楚军再次兴兵伐汉,搅得他茶饭不思。危急时刻,张良献上一计:"九江王英布、魏相

31. 刘邦弃子逃命

彭越皆是一等一的人杰，且都与项羽不和。大王若能许诺分给他们关东土地，将他们招至麾下，与大将军韩信三人联手，必能彻底击溃楚国！"

近侍随何听了，自告奋勇请求出使九江。刘邦感其忠勇，拨出二千军吏任他调度。

数日后，随何带领使团抵达九江。英布只派太宰出面招待，自己一直拒绝露面。

一连三日后，随何不想再白白浪费时间，便请太宰代为传话："眼下楚强汉弱，大王顾虑重重也很正常。但楚国能否长盛不衰，汉国又是否昙花一现，至今还未有定数。大王如果不嫌弃，不妨听臣一言。若是臣讲得不对，要杀要剐悉听尊便。"

这番言论一出，英布也不好再装聋作哑。没过多久，他便召随何入宫觐见。

随何趁此机会,语气犀利地指出英布与项王之间的矛盾。紧接着,他又说道:"霸王虽勇冠三军,但不忠不义,早已为众人所不齿。反观汉王,上承天地、下抚百姓,又与各路诸侯亲如一家,已然立于不败之地。大王英明神武,何不帮着汉国阻截楚军?只需数月工夫,汉王就可以横扫天下。届时,您凭借助汉之功,必能永享荣华。"

英布颇为动心,言谈之间已流露出归汉的苗头。随何深知汉军处境不妙,力劝英布尽快背弃楚国。怎奈英布仍有顾虑,迟迟不愿敲定具体日期。

几天后,项羽派人催促英布出兵。随何一不做,二不休,竟把之前他们商议的内容当着楚国使者的面说了出来。英布迫不得已,只得杀掉楚国使者,公开倒向汉王。

 前汉 | **32. 韩信背水一战**

项羽听闻英布反叛,不顾齐地战事胶着,急命项声、龙且讨伐九江。英布不敢大意,亲自领兵迎战。

起初双方互有胜负,但不出一个月,九江军就渐渐落入下风。英布忧心如焚,向汉王求援。偏巧楚国大军压境,刘邦自顾不暇,实在无兵可派。英布无奈,只能独自苦撑。

不久,丞相萧何征募数万关中子弟,悉数送往荥阳。刘邦自觉兵强马壮,便将前线指挥权交给韩信,然后带着亲眷移居栎阳。

韩信独掌军权,用兵越发大胆精细。短短数日之内,他就调度各处将帅,连胜三场。楚军畏其兵锋,渐渐退出荥阳地界。韩信趁此良机,组织兵卒修筑甬道,将敖仓所储粮草源源不断地运往荥阳。

刘邦连得捷报,又听说荥阳如今打造得好似铁桶,更觉高枕无忧。他便挑选吉日册封刘盈为太子,并命萧何辅佐,镇守关中。

待到诸事安排妥当,刘邦再度前往荥阳督战。韩信、樊哙等人摩拳擦掌,无不想在汉王面前一展身手。

魏王豹冷眼旁观,认为汉军必输无疑。经过一番深思熟虑,他决定借着探望老母的由头离开荥阳。刘邦不仅没有怀疑,还热情地送他出城。不承想,魏王豹刚一回到平阳,就在黄河渡口布设重兵,公然与汉军决裂。

刘邦深恨自己看走了眼,自然不肯善罢甘休。但楚汉战争方兴未艾,他无力兼顾。为此,刘邦特意安排郦食其出使魏国,妄图不战而屈人之兵。

但魏王豹不满意汉王的屈辱对待,任凭郦食其威逼利诱,一直不为所动。眼瞅着如意算盘落空,刘邦恼羞成怒,连连催促韩信率军征讨魏国。

魏王豹自恃地利,又有大将柏直、冯敬、项它等人把守黄河天险,全然不把汉军放在眼里。

韩信杀到临晋津后,见对面旌旗林立,守备森严;又听得侦骑来报,上游的夏阳防守空虚,于是心生一计。

大军安营后,韩信让曹参领兵去山林中砍伐木材,又命人到市集上买回数千只大瓦罐。众将摸不准头脑,不知道这些东西有什么用。过了两天,韩信命令士兵用木材绑住瓦罐,结成一排排,做出了数十排木罐。

等到检验完毕,韩信派灌婴带兵佯攻临晋津,自己与曹参亲率主力,连夜奔赴上游,袭击守备空虚的夏阳。

木罐渡江无阻无碍,汉军很快就靠近了魏军营盘。魏国兵将没料到汉军会乘坐木罐突然出现,纷纷向北溃退。韩信、曹参紧追不舍,几乎不费吹灰之力便攻下了东张、安邑。

魏王豹大惊失色,赶紧率部支援。可没想到,他刚抵达曲阳,就遭到汉军围剿。混战之中,魏人死伤惨重。魏王豹连战连败,胸中胆气丢了大半,只好匆匆逃往东垣。

韩信调兵遣将,死死咬住魏国残军,完全不给他们喘息的机会。魏王豹绞尽脑汁也无法扭转颓势,被迫献城投降。

柏直等人得知自家君王当了阶下之囚,并无一人设法营救,反倒争先恐后地放弃抵抗。仅仅过了几日,偌大的魏地便换了主人。

32. 韩信背水一战

随着汉魏战事告一段落,各营官兵打点行装班师回国。韩信有意灭赵亡燕覆齐,平定东北,向汉王去信请求留守平阳,增兵三万人。刘邦同意了,派张耳领兵三万,前去与韩信会师。

原来,赵相陈馀从前线赵兵那里得知张耳还活着,识破刘邦移花接木的把戏,与汉军反目成仇。韩信意识到这正是对赵国动手的绝佳借口。双方会师之后,径直向代地发动猛攻。代相夏说力战不退,怎奈兵少将寡,最终失手被擒。

曹参认为夏说身份不凡,本想劝其归顺,谁知竟被臭骂一顿。盛怒之下,他手起刀落,斩下了对方头颅。

几天后,陈馀接到代地陷落的战报,不免惊惧交加。谋士李左车审时度势,献上一条妙计:"韩信、张耳劳师远征,最怕粮草不继。偏巧我国边境密布高山险峰,仅有井陉口内的羊肠小道尚能通行。汉军途经此地,势必首尾不能兼顾。到时,您只需派兵牢牢守住出

口,再拨给臣三万大军奇袭敌人后方辎重,便能将他们活活困死!"

可陈馀不懂变通,非要与汉军正面交锋,将李左车的建议弃之不用。韩信闻听此事,心中暗喜,但又担心陈馀回心转意,于是连夜拔寨起营,总算赶在天亮之前抵达了井陉口。随后,他拨出一万精兵,命他们渡过泜(zhī)水,背着河岸摆开阵势,等待军令。

赵军侦骑探得敌人调动,却搞不懂对方谋算,急忙飞马回营报信。陈馀听说汉军排兵之法,不由得嗤笑道:"背水列阵,自古便是兵家大忌。韩信这般胡闹,也配做一国大将吗?"话音未落,帐内忽又闯进一名卫兵,喊道:"敌军打着'韩''张'的旗号,现已进入井陉口,随时可能向我军进攻!"

陈馀一听张耳伙同韩信犯境,气得破口大骂:"张耳背弃大王,而今又助汉伐赵,真是万死难赎其罪!"说完,他立刻派兵出营,想要一举歼灭来犯之敌。

32. 韩信背水一战

不多时，喊杀之声逼近井陉口。韩信装模作样地打了一阵，而后安排将士抛弃帅旗、战鼓，徐徐退往泜水。赵军自以为大获全胜，毫不犹豫地拥着赵王歇追了上去。

没过多久，两军在泜水岸边正面对阵。韩信一改刚才的退让，神情激昂地吼道："敌人就在眼前，后退者死！"

汉军的身后是大河，全无退路，索性拼死厮杀。陈馀苦战半日，却讨不到半点好处，只得仓皇退兵。然而，韩信早已派军夺了赵国营寨，还命左骑将军傅宽、常山太守张苍在半路设伏。

赵军行至半途发现进退两难，顿时四散而逃。陈馀连杀数人，依旧不能扭转失控局面。

就在这时，张耳统领一支兵马杀到。陈馀被围得水泄不通，可又不甘心引颈受戮，便驱使着仅剩的残兵左冲右突。

张耳望着乱军中熟悉的身影，大手一挥，命令部卒发起总攻。汉军得了号令，一拥而上，转眼就把陈馀和一大群来不及逃走的赵兵斩落马下。

33. 李左车献计

在陈馀战死后，赵王歇很快就被擒住。

韩信见了被俘的赵王歇，想要劝其归顺。可赵歇万念俱灰，完全不予回应。韩信见他心存死志，也不再多费口舌，直接命人将其斩首。

营中诸将亲眼看见赵王歇伏诛，心情却无太多起伏。在他们看来，与其为了一具冰冷的尸体长吁短叹，倒不如多花些心思，对刚刚结束的战役进行全面复盘。

灭赵一战打出了韩信的威名，众将领都称赞韩信用兵神鬼莫测，无从捉摸。他们借着祝捷的机会，把心中疑惑和盘托出："自古以来，列国将帅排兵布阵，无不背靠山陵，直面水泽。大将军反其道而行之，却能以三万兵马大胜二十万敌军，究竟是何道理？"

韩信哈哈一笑，解释道："彼众我寡，若不兵行诡道，如何能胜？况且我军备战仓促，久经战阵的老兵少之又少，更需要以置之死地而后生的手段激发斗志啊！"众将听罢，佩服得五体投地。

韩信又说道："赵国谋士李左车颇有智谋，必须尽快缉拿，免得日后对我军不利。"

张耳、傅宽等人领了将令，立即派兵四处搜捕。谁知，李左车就好像人间蒸发了似的，完全寻不到半点踪迹。韩信下令公开悬赏。

33. 李左车献计

过了几日，附近百姓捉住李左车，把他扭送到汉军大营。韩信履行诺言，将早就备好的千金交与来人。随后，他亲自替李左车松绑，同时恭敬问道："汉与楚争霸，必先攻燕、伐齐。我思来想去，觉得没有万全之策，特来向先生请教。"

李左车一头雾水，谨慎答道："亡国之人不敢胡言乱语，大将军还是另请高明吧。"

左右将领觉得李左车不识好歹，纷纷出言呵斥。韩信却面不改色，继续耐心求教。李左车见他诚意满满，这才放下戒心，认真分析道："大将军自出兵以来，以木罐渡河、生擒魏王，又背水一战、大破赵军，可谓声威赫赫。但全营将士转战千里，身心俱疲，短期之内并不适合进行高强度战斗。您若执意在此时开战，恐怕难逃功败垂成的结局。"

韩信听了这番言论，顿时如醍醐灌顶，连忙请教对付燕国与齐国的战略对策。

李左车继续说道："燕国看似强大，实际上只是一只纸老虎。大将军只需修书一封，定能不战而屈人之兵。燕国投降后，齐国孤立无援，也就不难拿下了。"

韩信拍手称好，厚待李左车，留他在帐下做幕僚。接着立即派出使者，前往蓟城招降燕王臧荼。

跋涉数日后，使臣顺利抵达燕国，并在第一时间将劝降书送入王宫。臧荼自知势单力薄，不愿以卵击石，索性顺坡下驴，正式向汉军递交了降表。

韩信派人快马加鞭地赶回荥阳报信。刘邦收到消息，欣喜若狂，当即命人摆酒庆功，又唤来文吏，起草嘉奖韩信、安抚臧荼以及册封张耳为赵王的王令。

一时之间，汉军上下喜气洋洋。但远在千里之外的九江，难以

抵抗楚国频频增兵的压力，已经到了崩溃的边缘。

没过多久，九江王英布因连吃败仗，被迫舍弃故国，仓皇逃往荥阳。

刘邦见到前来投奔的英布，不仅没有以礼相待，还显得很傲慢。英布平白受了一番羞辱，心里十分懊悔。刘邦漫不经心地慰问了几句，英布应答了几声便告辞离开。

随何原本在殿内陪侍，见英布黑着脸退出，便急匆匆地追了上去。不承想，英布因为殿前受辱竟拔出宝剑，试图自刎。随何吓了一跳，赶紧上前劝阻："汉王宿醉未醒，言语失态。您若因为这等小事寻了短见，岂不徒惹天下英雄耻笑？"

正说着，典客奉命赶到，十分热情地引着英布前去歇息。英布便放下剑，跟着他来到寓所。

只见馆中陈设华丽，卫兵们恭敬地站在两旁，好似专门等待检阅一般。英布自觉受了重视，脸上渐渐生出些许笑意。

片刻之后，张良、陈平等人来到，要为英布接风洗尘。房间里已经备好美酒佳肴，还有一班女乐弹唱助兴。

席间，英布欣赏着轻歌曼舞，与汉王重臣推杯换盏。那副飘飘欲仙的模样，全然不似几个时辰前的窘迫。

第二天，刘邦再次召英布，态度较之昨日，发生了一百八十度的转变。英布转而对刘邦感恩戴德，当众立下为汉王效忠的誓言。

刘邦乐得眉开眼笑，勉励英布好生杀敌立功。英布越发振奋，连忙差人潜回九江联络旧部，催促他们尽早归汉。

前汉 | 34. 陈平反间项羽君臣

几天后,英布收到消息,得知妻儿老小被攻入九江的项伯杀死,恨得咬牙切齿。他面见汉王,请求出兵攻打楚军,为家人报仇雪恨。

刘邦劝说道:"项羽眼下兵力正盛,此时进攻无异于以卵击石。不如我先派给将军一万人,请将军前去镇守成皋,日后相机行事,总有机会报得大仇。"

一段时间后,项羽探得英布动向,又收到楚军在荥阳折戟的战报,气得目眦尽裂。范增仔细研究军情后,郑重提议:"刘邦若无敖仓积粟,怎敢耀武扬威?大王只需攻取此城,便能毕其功于一役。"

项羽便听从范增的建议,派大将钟离昧奇袭敖仓。

钟离昧领了王命,昼夜兼程,成功截断往来荥阳的粮道,抢走不少汉军的粮食。敖仓守将周勃闻讯,本想率军施救,结果却在半路遭到楚军截击,大败亏输。

不多时,汉军失利的消息传入荥阳。刘邦忧心敖仓安危,刚要出兵支援,却听到侦骑来报,项羽统兵亲征,不日抵达荥阳。

突如其来的凶讯,使得殿内君臣方寸大乱。汉王变得寝食难安,连忙召见郦食其询问对策。

郦食其认为汉国孤立无援,竭力主张册封六国后人,以便牵制楚军。刘邦病急乱投医,竟把此计当作了救命稻草,还请他代为联

络散居各地的王族后裔。

没过多久，张良匆匆赶来，打算与刘邦商讨退敌之策。汉王当时正在用膳，看见张良，连忙唤他上前来。得知了郦食其的计划，张良一时情急，拿起汉王的筷子比画着说："想当年，商汤、周武善待前朝遗民，皆因自身力量强大。现如今，大王意图效仿先贤，不知是否有把握置项羽于死地？"

刘邦面露难色，摇头不语。张良见状，继续说道："武王攻入朝歌后，立即释放箕（jī）子及无辜百姓，又为比干等冤死的贤臣修墓，大王眼下能做到吗？更何况，武王为收买人心，将钜桥、鹿台所藏钱粮悉数散发。反观我军，自保尚且困难，拿什么安抚百姓？"

一连两个问题，问得刘邦哑口无言。张良向前探了探身子，追问道："周朝建立后，刀剑入库，马放南山，牛归桃林，大王也能一一做到吗？再者，萧何、韩信、樊哙、曹参、陈平等海内豪杰抛

34. 陈平反间项羽君臣

头颅、洒热血，跟随大王南征北战，皆未得到封赏。而六国贵族仅凭祖先荫庇，就能裂土封王。如此不公，岂不让人寒心？"

张良见刘邦全然被说动，徐徐说道："欺软怕硬，乃是人之本性。诸侯们一旦复国，多半会投靠更加强大的项羽。到那时，大王不得其利，反受其害，岂不是竹篮打水一场空？"

听到这里，汉王顾不上形象，将嘴里含着的饭一口吐出，大骂道："这个穷酸书生，险些误我大事！"

刘邦急命侍从传话，将还未铸好的六国王印逐一销毁。郦食其没想到自己的计策竟功败垂成，心中大为不满。但仔细一琢磨，他也觉得自己考虑不够全面，自然不敢再怨天尤人。

过了数日，楚军先锋进抵荥阳，大战一触即发。刘邦想不出破敌之法，只好暂时封锁城门，固守待援。不幸的是，各处勤王之师尚未集结完毕，项羽便已率领主力杀到了城外。

眼见局势对汉军越发不利，陈平想出了一条离间计。汉王此时别无他法，便交给陈平黄金四万斤，让他便宜行事。

陈平将黄金交给了一名心腹小校，命他扮作楚兵混入敌营，设法破坏项羽和文武大臣的关系。

那人拿着金子贿赂项王身边的人，让他们在营中散布谣言，说大将钟离昧因觉得项王赏赐太少，想要联汉灭楚，领兵反叛。

项羽原本并不相信，却抵不住流言蜚语的日夜侵袭。不久，他疑心生暗鬼，将追随自己多年的钟离昧等人视作贰臣，不再对他们委以重任。这时范增还没有受到牵连，他催促项王快点攻下荥阳，不要让刘邦走脱了。

随着战斗正式打响，汉军的处境更加艰难。刘邦担心守城失利，又迟迟不见离间计发挥预期效果，便派人与楚议和："汉楚本是一家，何苦自相残杀？刘季不忍再让百姓流离失所，愿与楚国以荥阳

143

为界划分领土,只求项王退兵。"

项羽自恃占据上风,坚决不肯停战。但为了摸清城中的情况,他便派了人跟着汉使回城回话。

陈平见了楚使,顿时心生一计。待到中午时分,他引着楚国使者来到驿馆,吩咐厨房杀鸡宰羊,安排了一桌盛宴款待贵客。楚使不明所以,还以为是汉王畏惧项王雄威,所以格外优待自己。

过了一会,陈平回到大厅,频频向使者问起范增的近况,并询问有没有带来亚父的书信。楚使感到很疑惑,说道:"我奉项王之命专为和议而来,并不是亚父的使者。"

话音刚落,陈平故作惊讶地站起身,头也不回地走了出去。不一会,几个仆役气势汹汹地推开门,一边收拾酒菜,一边小声嘀咕:"既然不是亚父派来的,也配享用好酒好菜?"

楚使大为吃惊,看着汉人将他面前的饭菜撤下,又过了好久才端了一些残羹冷炙上来。楚使已经饥肠辘辘,他忍着怒气尝了几口,没想酒菜都是馊的。他更加懊恼,径直走出门去,与门吏说了一声便出城去了。

回到军营后,楚使将此事报给项羽,直言范增通敌卖国。

项羽鬼迷心窍,竟然信以为真。偏偏范增一心灭汉,只顾着安排攻城事宜,并未留意营中日益诡谲(guǐ jué)的气氛。等到他有所察觉,事态发展已然积重难返。

范增心灰意冷,也懒得解释,索性告老还乡。项羽本就刚愎自用,又心怀怨气,竟任由他挂印东归。

35. 纪信就义

范增负气出走后,日夜懊恼,以致后背骤生毒疮。他无心求生,只想再见家人一面,催促车夫快点赶路。快到彭城的时候,毒疮突然增大,范增痛得昏迷,最后死在了离城不远的旅馆中。

几天后,范增暴死的消息传来。项羽回忆起往日种种,真是悔不当初。他终于放下架子,用言语安抚饱受猜疑的将帅,勉励他们用力攻城,到时给他们加官晋爵。

钟离眜、龙且、季布等人受到感召,个个奋勇杀敌。汉军招架不住,士气越发低迷。张良、陈平纵使聪明过人,此时也无计可施。

危急时刻,汉将纪信私下向刘邦献上一个脱困之法:"项羽围城数月,无非是想得到大王的项上人头。但大王乃万金之躯,绝不能做无谓牺牲。臣思来想去,决定代您出降。到时楚军被臣吸引,您便能趁乱离开。"

刘邦于心不忍,说道:"这样岂不是会害了将军。"纪信见汉王犹豫不决,竟拔出宝剑,以死相逼:"臣受大王知遇之恩,无以为报。幸赖父母生得这副皮囊,与您身形相近,这才斗胆自荐。大王若不成全,臣就舍了这条性命!"

寥寥数语,说得刘邦潸然泪下:"将军忠肝义胆,日月可鉴。只希望上苍保佑,能让你我共度此劫。"说罢,他吩咐左右唤来陈平,

35. 纪信就义

将前因后果悉数告知。

陈平听了纪信的李代桃僵之计，内心充满敬佩，说道："纪将军明知九死一生，仍要以身涉险，实为壮举。陈某不才，愿再添一计，以保万全。"

陈平当即写下一封降书，派人送往楚营。项羽收到后大喜过望，警告汉使说："汉王若敢违约，休怪我斩尽杀绝！"

当日夜里，楚兵弓上弦，刀出鞘，静待汉人出城投降。苦等几个时辰后，东门突然大开，一群黑影鱼贯而出。楚将唯恐有诈，急命部卒上前拦阻。

士兵们得了军令正要动手，听到对面传来一个女子的声音："我等孤女寡妇，听说两军休战，想要出城谋生。将军们宅心仁厚，就放我们离去吧。"

楚兵们高举火把，仔细一瞧——果然都是一些老少妇人，但身上都套着一副残破盔甲，不禁高声喝问："既是寻常妇孺，为何身穿甲胄？"

妇女们齐声答道："我们平日里缺衣少食，捡着什么就穿什么，还请军爷们不要笑话。"

楚兵们听了便让开道路，放她们离开。可是这班妇人刚刚消失在夜色之中，另一班人就接踵而至。

楚兵们觉得有趣，都聚拢过来看热闹。不久，负责围堵西、南、北三门的楚兵也一窝蜂地拥了过来。

刘邦躲在暗处，听到东门人声鼎沸，立即打开西门，带着张良、陈平、樊哙、夏侯婴等亲信溜出了城。

几个时辰后，一抹鱼肚白悄然爬上天空。楚军这时才看见一队汉兵簇拥着龙车，缓缓穿过东城门。

楚人以为是汉王来投降了，乐得山呼万岁，都争抢着去给项王

报信。谁知,车内坐着的根本不是刘邦,而是一心替死的纪信。

项羽察觉上当,气得暴跳如雷。纪信丝毫不惧,嘲讽道:"我王上承天命,下顺民心,必将一统天下。你若是识趣,就该北面称臣,免得枉送了性命!"

项羽忍无可忍,命令士兵们一齐将手中火把丢进车里。

不多时,火焰爬满车身。纪信忍着焚身之痛,边笑边骂:"待我王归来之日,便是你这民贼丧命之时!"正说着,车盖猛然砸落,纪信命丧火海。

项羽率军准备入城,几名侦骑忽然飞马回报:"汉将枞公、御史大夫周苛封锁了荥阳四门。将军们不敢妄动,请大王速速定夺。"

项王气急败坏,催促楚兵发动猛烈攻击。周苛、枞公誓死守护城池,指挥士兵轮番上城楼放箭、投石,艰难打退了楚军的数次进攻。不过,随着僵持的时间越来越长,两人逐渐感到力不从心。

35. 纪信就义

刘邦得知荥阳的守将仍在坚持,又听说纪信惨死,悲愤之中,他下令向关中征兵,企图杀回荥阳,与项羽决一死战。

乡野隐士辕生闻讯,辗转赶赴汉营,当面劝道:"楚军势头正盛,怎能与它正面交锋?依在下愚见,大王不如领兵南下,诱使项羽回援彭城。到那时,汉军以逸待劳,便可占据主动。"

刘邦觉得有道理,于是出兵武关,转攻宛洛诸城。项羽唯恐王都再遭不测,果然放弃荥阳,直奔彭城而去。

周苛、枞公目睹楚军撤退,渐渐放松警惕。不料,项羽行至半途,突然杀了个回马枪。汉军不及防守,大败亏输。

很快,楚兵一拥而上,顺利攻占四门。周苛、枞公相继被俘,却又不想卖主求荣,于是被项羽斩杀。

前汉 | 36. 汉王夺韩信兵符

荥阳失守后,躲在成皋城内的刘邦不免心惊肉跳。没过多久,楚军大举来犯。他越发觉得不安,便吩咐夏侯婴备好马车,悄悄从北门溜出了城。英布等人无心恋战,很快也舍了满城百姓,四散而逃。

项羽不费吹灰之力,顺利将成皋收入囊中。短暂休整过后,他掉头西进,兵锋直指关中。

彼时,刘邦手里无兵无将,又失去了战场主动权,如同丧家之犬。悲愤之余,他连夜赶往修武,企图借着韩信、张耳等军东山再起。

黎明时分,刘邦抵达韩信营寨。守门士兵未见过汉王真容,将他拦在了营外。刘邦便谎称自己是汉王使者,对方这才打开辕门,放他入内。

韩信、张耳睡得正香,完全不知刘邦驾临。刘邦进帐来,看见兵符、帅印摆在案几上,便拿过来升帐点将。

二人被人唤醒后,赶忙来到刘邦面前叩头请罪。刘邦坐在帅案后面,免不了责备两人太过松懈,很容易就让刺客与间谍混入军营。接着又问道:"大将军本该攻打齐地,为何在此逗留?"

韩信心头一紧,连忙解释:"赵国初定,余孽未除,臣担心他们跳出来兴风作浪,这才迟迟未敢动身。"

刘邦听罢,面色有所缓和,唯独言语之间仍有几分不快:"赵

36. 汉王夺韩信兵符

人群龙无首,难成气候。大将军畏之如虎,未免太过小心。"

韩信挨了几句训斥,忍不住争辩道:"大王,营中兄弟鏖战多时,已经到了极限。如果贸然出击,很可能被齐赵夹击难以脱身,所以臣才下令休养一段时间。"

刘邦笑着说道:"大将军既然认为士卒疲乏,那就先募新兵,再去攻齐。至于张耳,可率本部兵马镇守信都,也好让大将军安心出征。"

张耳唯命是听,当天便点齐麾下将校,全速赶赴赵都。韩信失了臂助,亦不敢造次,只好竭力征兵备战。

随着韩信、张耳相继离去,刘邦独占大营,不再像之前那般狼狈。几天后,张良、樊哙、灌婴等人一路打探,辗转寻至修武。刘邦重获文武重臣,自然喜出望外,排兵布阵也更有底气。

不多时,楚军进逼巩县。刘邦唯恐城池有失,立刻调派得力干

将带兵增援。与此同时,他准备放弃成皋以东的广阔领地,集中力量保卫关中。

郦食其不以为然,反复劝说道:"楚人虽连夺我荥阳、成皋,但孤军深入,已犯了兵家大忌。大王与其死守巩、洛,倒不如借助太行山与黄河天险,截断敌军后路。到那时,项羽进退两难,只能乖乖退兵。"

郎中郑忠更是献上一条釜底抽薪的妙计:"楚军在外征战,全靠国内粮草供应。大王若毁其粮道,必能不战而胜!"

刘邦心服首肯,急命刘贾、卢绾率两万步卒及数百骑兵,横渡白马津,协助魏相彭越袭扰楚国腹地。

不久,三人合兵一处,火烧楚军粮仓。楚兵毫无防备,死伤惨重。仓内所储辎重,一半化作灰烬,一半落入汉军手中。

战斗结束后,彭越力邀刘贾、卢绾助战,接连收复睢阳、外黄等十七城。

项羽闻讯,火冒三丈:"彭越破下邳、杀薛公,又在我后方肆虐,真是罪该万死!寡人若不灭了这厮,怎配再称西楚霸王?"说罢,他唤来大司马曹咎,吩咐道:"彭越猖狂至极,须由本王亲自剿杀。将军向来勇武,可代我坐镇成皋,以免汉军东进。"又再三嘱咐曹咎,只要坚守不出,切记不可出城交战。

曹咎信誓旦旦地说:"大王此去,只管安心杀贼。成皋有末将把守,保证连只苍蝇也飞不过去!"项羽又留下司马欣协助曹咎,然后领兵杀奔外黄。

彭越一向畏惧项羽,还未交战心中就先怯了三分。待到楚人兵临城下,他更是惶惶不可终日。

坚守几日后,彭越越发心虚,索性趁着夜深人静,弃城而逃。外黄军民方寸大乱,不得不献城投降。

36. 汉王夺韩信兵符

然而项羽受阻多日,早就怀恨在心。刚一入城,他便强迫城中十五岁以上的男子前往城东集合。百姓们心如明镜,料定此行凶多吉少,所以无一人前往。项羽大发雷霆,打算调集军队直接抓人。

危急关头,一个十三岁的孩子挺身而出,独自前往楚营说情。项羽见他眉清目秀,又有一身胆气,便柔声问道:"世人都说本王残暴嗜杀,你却偏偏自投罗网,难道不怕死吗?"

孩子行过跪拜礼后,站立在一旁,从容地说道:"大王泽被苍生,乃是天下人的君父。赤子来见慈父,也要害怕吗?"

项羽听完,顿觉神清气爽,原本杀气腾腾的脸上也露出了笑容。孩子见此情形,赶紧趁热打铁:"前些日子,彭越强占外黄,还逼着父老乡亲替他守城。累累罪行,罄(qìng)竹难书。幸而大王赶来,救万民于水火。这本是功德无量的善举,却遭了小人嫉恨,污蔑大

王要坑杀青壮。小儿实在看不过,所以斗胆觐见,请您尽快张榜安民,免得人人自危,徒生祸事。"

寥寥数语情真意切,只是尚不能说服项羽。幼童又继续说道:"眼下战事频发,睢阳等地还未收复。大王如果在这儿肆意屠杀,岂不是平白树敌?我若是汉国君臣,只怕做梦都要笑醒呢。"

项羽深以为然,于是解散部卒,放了外黄壮丁一条生路。

数天后,楚军再度开拔。沿途所过郡县听说外黄平安无事,全都望风而降。彭越难以遏制,只得抛下魏地诸城,仓皇逃奔谷城。

前汉 | 37. 韩信与郦食其争功

转眼间,秋去冬来,年关将至。项羽亲率楚军主力,陆续攻下魏地。刘邦趁此机会,频频进犯成皋。

曹咎生性刚猛暴戾,时常想与汉军一较高下。怎奈项羽早有预料,严禁他出城鏖战。曹咎不敢抗命,只得耐着性子坚守城池。

汉军在城下挑战数日都徒劳无功,渐渐变得萎靡不振。张良、陈平等人商定了一个计策,故意派出一队兵马,变着法儿地在成皋城外叫骂。

曹咎听到此起彼伏的污言秽语,恨不能亲手杀尽敌兵。司马欣、董翳百般劝阻,直至搬出项王军令,才打消了他的念头。

然而汉军劳师袭远,并不甘心半途而废。接下来的三五天里,他们扛着写有曹咎姓名的白幡,披星而来,戴月而归,搅得成皋鸡犬不宁。

守城官兵义愤填膺,纷纷请战。曹咎也不想再做缩头乌龟,索性召集军队杀向敌营。司马欣、董翳来不及阻止,只好随同出战。

汉兵远远望见城门洞开,不由得心头一喜。待到楚军杀至近前,他们佯装慌乱,转身向北逃窜。

楚军顺着汉军散落的长枪短剑、盔甲旗帜,追到了汜水岸边。汉兵扭头看了一眼追兵,随即跃入滚滚波涛。曹咎生怕敌军走脱,

也命令士兵下水追击。司马欣看着水中的曹咎,担心中了敌军的埋伏,打算聚拢岸上的楚军自行返回成皋。

刘邦躲在暗处,瞧见楚人自投罗网,立马率军冲出。曹咎躲闪不及,身中数箭。司马欣眼见主帅负伤,正要上前救援,却被樊哙、靳歙截住。

一番混战过后,楚军死伤殆尽。曹咎与司马欣自忖突围无望,相继自杀,汉军大胜。成皋百姓闻讯主动逐走守军,刘邦投桃报李,入城后安抚百姓秋毫无犯。

过了段时间,刘邦移驻广武,严密监视项羽动向,并去信催促韩信加紧攻齐。郦食其眼馋这份功劳,请命出使齐国招降齐王。刘邦乐见其成,便答应了。

没想到,郦食其竟真的凭借一张嘴说动了齐王田广与齐相田横献城投降。在田横的要求下,郦食其给韩信去信说齐国已经投降,请韩将军止住兵戈。

当时,韩信屯兵平原正欲进击,忽然听说议和告成,不自觉放下心来,将素日争雄之心抛在脑后。谋士蒯彻心急如火,忍不住私下提醒:"大将军苦战经年,也只拿下赵国五十余城。郦食其凭着三寸之舌,却收服了齐地七十余城。此事若是传了出去,恐怕会有不少人嘲笑您徒有虚名!"

韩信听了,心里就像打翻了五味瓶。蒯彻又说道:"大将军奉命伐齐,人尽皆知。郦食其却偏要横插一杠,分明是没有把您放在眼里!若不严加惩治,倒显得您怕了他一样!"

一番话勾起韩信的杀心,他即刻点齐兵马,向历下发起突袭。

齐将田解、华无伤正安心等待汉军收编,并无半点防备,自然大败亏输。汉军乘胜追击,斩杀田解,捉住华无伤,一路势如破竹,竟打到临淄城下。

37. 韩信与郦食其争功

齐王广顿时觉得上当,恨不得把郦食其碎尸万段。郦食其恐惧万分,赶忙说道:"汉王与老夫确实想要化干戈为玉帛,只是没料到韩信会欺君背约。请大王放心,我这就出城说退韩信!"

田横站在一旁,冷笑几声,喝道:"你和韩信里应外合,害得我们损兵折将,还想一走了之吗?"

郦食其百口莫辩,又不愿代人受过,便以性命作担保,给韩信去信一封劝他退兵。信中仅有只言片语,却字字浸满血泪。纵使韩信杀伐决断,也禁不住为之动容。

蒯彻唯恐前功尽弃,连连劝谏:"郦食其巧舌如簧,妄图乱我军心,真是可恶至极!大将军可不要因为这种龌龊小人,放弃近在眼前的不世之功啊!"

见韩信还不肯痛下杀手,蒯彻心焦如焚,不得不下了一剂猛药:"郦食其一旦归国,势必会向汉王告状。到时候,大将军还能有好

贪功得祸
郦生祀烹

果子吃吗?"

韩信担心获罪于汉王,听完蒯彻的警告,他立即拿定了主意。

没过多久,汉军大举进攻。齐人虽竭力反抗,但仍然节节败退。齐王广又惊又怒,先将郦食其烹杀,而后逃奔高密。田横独木难支,也被迫弃了都城,带着残军撤往博阳。

韩信大获全胜,第一时间将捷报传回广武。随后,他又调兵遣将,四处搜捕齐国君臣。齐王广无计可施,急忙派人向楚国求救。

钟离昧刚刚在荥阳附近被打退,如今齐国又几乎被韩信覆灭,新仇旧恨顿时涌上项王心头。他唤来大将龙且和副将周兰,吩咐道:"韩信为祸齐鲁故地,又与刘邦遥相呼应,实在是我军的心腹大患。你们可联合田广,剿灭此人!"

龙且、周兰领了王命,即刻率军东去。项羽则再度兴兵,誓与刘邦决一死战。可刘邦自恃粮草充沛,完全不理会楚军的挑衅。

情急之下,项王干脆将刘太公押到两军阵前,威胁道:"刘季!你若再不投降,休怪我烹了你的父亲!"

刘邦大惊失色,可又不舍得让多年功业付之东流,一时陷入两难境地。

张良说:"项王一向妇人之仁,又过于看重虚名,倒也无须在意。更何况,项伯与大王是儿女亲家,断然不会袖手旁观。以他在楚军中的地位,定能保太公安然无恙。"

刘邦觉得张良言之有理,便故作镇静地回复项羽:"你我既然结拜为兄弟,那我爹就是你爹。你要是真想烹他,可别忘记分我一杯羹。"

眼瞧着对手这般无赖,项羽竟有些不知所措。项伯见此情形,立刻越众而出,苦口婆心地替太公求情。项羽自知计划失败,也懒得再浪费时间,命人撤掉铜鼎,带着刘太公退回了营寨。

38. 垓下之围

汉王三年（前204年）十月，龙且统率二十万大军支援齐国。齐王广闻讯，立即带着几万残兵败将赶来会合。韩信早就听过龙且的赫赫威名，急忙派人送信给汉王，调来曹参、灌婴助战。

双方先后进抵潍（wéi）水，大战一触即发。龙且一向轻视韩信，又自恃勇武，完全不把汉军放在眼里。韩信利用对手的轻敌心理，秘密安排部将傅宽带着上万个装满泥沙的布袋，连夜堵塞潍水上游。

第二天，潍水几近断流。韩信自觉时机成熟，亲自率领少量士卒渡河诱敌。周兰唯恐有诈，本想按兵不动。偏偏龙且急功近利，竟然大大咧咧地追了上去。

很快，楚兵主力气势汹汹地冲进潍水。韩信听着身后人喊马嘶，心中暗喜。待到跃马登岸，他立刻放起号炮、挥动旗帜，向各处伏兵发出总攻信号。

傅宽听见炮声，立即下令搬开布袋，任由河水奔泻而下。正在渡河的楚兵瞬间被奔涌的大潮冲得无影无踪。曹参、灌婴等人眼见旗帜招展，也都各率本部兵马杀入战场。

楚军骤然遭袭，首尾不能相顾，顿时乱作一团。韩信乘胜追击，先斩龙且、后擒周兰，又在曹参、灌婴的配合下杀死田广、田吸、田既等一众王族，彻底击溃了齐楚联军。

与此同时,项羽因之前的激将法未能奏效,正设法寻求新的作战机会。但刘邦打定主意坚守不出,急得项羽无可奈何。

一天,项羽亲自率领数十名精锐骑兵到阵前挑战。刘邦听说后,派出一名精于骑射的楼烦小校,隔着山涧大放冷箭。

几个楚兵防不及防,惨叫着坠下了马。项羽火冒三丈,高声怒吼。霎时间,两军上空仿佛有惊雷炸响。小校吓得两腿发软,跌跌撞撞地逃回了营寨。

刘邦听人回报,心里难免有些发怵,但又不想落得一个胆小的名声,便壮着胆子出营周旋。

项羽见了宿敌,恨不得立马与他捉对厮杀。刘邦很有自知之明,并不想与他比拼武力,而是出言数落起来:"项羽匹夫!你不顾盟约,夺我关中;假传王命,擅杀宋义;恃强凌弱,奴役诸侯;焚城盗墓,劫掠财宝;公报私仇,诛戮子婴;残暴不仁,诈坑降卒;赏

数罪陈言汉王中箭

38. 垓下之围

罚不明，徇私偏向；目无君王，强占彭城；极恶穷凶，谋害义帝；人神共愤，天地不容！"

项羽当下恼羞成怒，也不答话，直接命令弓弩手向对岸射箭。刘邦一时大意，正好被射中胸口。幸亏左右拼死相救，才保住了他的性命。

回营之后，刘邦怕引发恐慌，故意称自己只是脚趾中箭，还硬撑着在军中巡视。将士们信以为真，渐渐心安神定。

不多时，楚探潜入汉营，发现敌军行若无事，连忙返回东岸报信。项羽误认为刘邦安然无恙，不免悔恨交加。

过了些日子，龙且、田广等人败亡的噩耗传至广武，唬得项羽手足无措。无奈之下，他决定安排武涉出使齐地，企图离间韩信与刘邦。

这时，韩信刚刚获封齐王，已然心满意足。任凭武涉说得天花乱坠，他都无动于衷。谁知蒯彻这时站了出来，怂恿韩信背弃汉王："大王智勇双全，纵使与刘、项鼎足而立亦无不可，又何苦替人卖命呢？更何况，'飞鸟尽，良弓藏；狡兔死，走狗烹。'大王功高盖主，若不早做打算，焉能善终？"

韩信听罢，忍不住心荡神驰。但思前想后，他仍然选择坚持己见。蒯彻无计可施，又害怕日后遭到刘邦清算，索性装疯卖傻，逃往他乡。

刘邦派人送信让韩信领兵前来助阵，但几个月过去了，始终不见动身。他于是加封英布为淮南王，让英布和魏相彭越分头出击，袭扰楚国腹地。

为了救出父亲刘太公一行，刘邦又派侯生前去楚营议和。项羽眼见自己损兵折将，明白久留无益，便提出以鸿沟为界，与刘邦平分天下。

刘邦占了半壁江山，又顺利迎回老父、娇妻，当下满心欢喜。

几天后,项羽拔营东归,他也兴冲冲地准备返回关中。

恰在这时,张良、陈平联袂进谏,反复劝道:"现如今,项羽众叛亲离,好似没牙的老虎。大王何不趁此良机,一鼓作气灭了楚国呢?"

刘邦如梦初醒,赶忙整军备战。随后,他又连发数道军令,催促韩信、彭越尽快出兵伐楚。

可此时韩信、彭越因为自身封地的问题没有得到解决,全都不肯应召前来。刘邦始料未及,被迫停驻固陵。

没过多久,汉军行踪暴露。项羽见刘邦出尔反尔气愤不过,立即挥师反击,打得他们损兵折将。刘邦偷鸡不成蚀把米,不得不向韩信、彭越许以重利。二人志得意满,当即动身南下。

时隔不久,汉将刘贾说降楚国大司马周殷,又配合淮南王英布扫平九江一带的楚国驻军,截断项羽南归之路。

38. 垓下之围

　　汉王四年（前203年）十一月，转战各地的汉军陆续会师。刘邦底气大增，直接转守为攻。项羽双拳难敌四手，败仗越吃越多，只能领着仅剩的十余万将士退守垓下。

　　刘邦担心楚军逃出生天，急命韩信统领三十万精锐进攻垓下。韩信审时度势，并未采取强攻，而是设下了十面埋伏。

　　项羽奋力冲杀，虽一度击退汉军，但最终还是败下阵来。一个多月后，楚军两翼被孔将军、费将军击溃，中军也被韩信团团包围。项羽越发觉得自己像是落入蛛网的虫子，不管怎么挣扎都是徒劳，因此日渐消沉。

　　一天夜里，项羽正在帐内借酒浇愁，忽然听到四周响起如泣如诉的故国民歌，不禁万念俱灰："汉人已经攻下了楚地，我……败了啊！"

　　一代霸王看着身边的宠妃虞姬黯然神伤，哀叹道："力拔山兮气盖世，时不利兮骓不逝。骓不逝兮可奈何！虞兮虞兮奈若何！"

　　短短四句诗，道尽了英雄末路。虞姬听了悲从中来，哭着说："汉兵已略地，四面楚歌声。大王意气尽，贱妾何聊生！"

　　话音未落，项羽已泣不成声。虞姬心如刀绞，她不忍拖累项羽，含情脉脉地望了一眼夫君，旋即抽出宝剑，自刎身亡。

39. 刘邦称帝

虞姬自尽后，项羽悲痛欲绝，大哭一场后命人将她埋葬。后人感念虞姬的忠贞，为她作了一支曲谱《虞美人》。

待到天光破晓，项羽率领八百精骑离开楚营，向南边逃去。

韩信察觉后，立即下令收缩包围圈，并命灌婴带着五千兵马衔尾搜捕。然而，项羽马不停蹄，早已渡过淮水。灌婴苦苦追了半晌，却连个人影也没瞧见，不免有些焦躁。

许久过后，汉军进入阴陵地界，仍旧一无所获。恰在这时，一阵急促的马蹄声响起。灌婴极目远眺，隐隐望见几百个策马奔腾的楚国骑兵。

灌婴喜不自胜，急忙加速追赶。项羽听到动静，回头一瞥，不由得悔恨交加："若非寡人先前受老农诓骗，误入歧路，又怎会被这些宵小缠住？"

正说着，汉兵左右包抄，成功将楚军逼停。双方狭路相逢，自是仇人见面——分外眼红。

两军将士马上列开阵势，打得天昏地暗。最终，项羽凭借万夫不当之勇，率先杀出一条血路。幸存的楚兵紧随其后，辗转奔赴东城。灌婴生怕煮熟的鸭子飞了，一路穷追猛打，不断蚕食敌军的有生力量。

39. 刘邦称帝

不多时，两支部队先后抵达东城。项羽自忖不能逃生，决心拼死一战："本王起兵八载，无往而不胜！今日虎落平阳，实乃天意，绝非寡人不善征伐所致。"说罢，他将最后的二十八骑分作四队，在敌阵之中往来冲杀。

汉军无人能挡，转眼就损失了数百名兵将。余下众人虽侥幸逃过一劫，但也心惊胆寒，不敢再正面较量。

很快，项羽突破重围，一口气打到乌江岸边。乌江亭长不忍看到霸王就此殒命，有心送他过江。

项羽望了望滚滚波涛，笑着拒绝道："八千子弟随我渡江，却无一人生还。就算江东父老不计前嫌，我又有何面目再见他们呢？"说完，他翻身下马，将乌骓赠予亭长，徒步杀向蜂拥而至的敌军。

伴着此起彼伏的哀号，江面上泛起血红的涟漪。几百个汉卒横七竖八地躺在地上，几乎垒起一座尸山。

项羽环顾四周，正要继续厮杀，忽然看到一道熟悉的身影。他微微一愣，随即倚着长戟，喝道："寡人今日赴死，不想还有故人相送。吕马童，别来无恙啊？"

吕马童被叫破身份，吓得呆若木鸡，哪里还敢回话。项羽轻蔑一笑，自顾自地说道："刘季有言在先，凡得寡人首级者，赏千金、封万户侯。吕马童，看在往日交情的分上，寡人便送份厚礼给你。"说罢项羽便自刎身亡，年仅三十一岁。

没过多久，项羽身死的消息传遍天下。楚地各郡望风披靡，唯独鲁城拒不投降。刘邦感其忠义，命人挑着项羽的脑袋赶去劝降。守城官兵见了故主头颅，顿时万念俱灰，不再与汉军为敌。

几日后，刘邦以鲁公之礼厚葬项羽，又派刘贾等人剿灭临江王共尉，彻底结束了楚汉战争。

高祖五年（前202年）二月，楚王韩信、梁王彭越、淮南王英布、

燕王臧荼、赵王张敖、韩王信、衡山王吴芮联名上书，力请刘邦称帝。

刘邦推让了几番，最后在众位武将及幕僚的推崇下终于同意。他让太尉卢绾和博士叔孙通等人挑选吉日，在定陶城外的汜水北岸正式举行登基大典，史称汉高祖。又册封吕氏为皇后，长子刘盈为太子，加封故衡山王吴芮为长沙王，故粤王无诸为闽粤王。

仪式结束后，汉高祖刘邦遣人分赴各地，将太公、刘仲与吕雉、曹氏、戚姬等一干家眷通通接到新都洛阳。

一晃春去夏来，朝中各项工作逐渐步入正轨。高祖兴之所至，在南宫大宴群臣。席间，他半开玩笑地问道："项羽号称霸王，为何由盛转衰？朕乃一介布衣，何以坐拥四海？"

高起、王陵起身行礼，齐声答道："陛下赏罚分明，能救万民于水火，故而得天下。项羽嫉贤妒能，总是妄想用小恩小惠收买人心，因此失天下。"

39. 刘邦称帝

高祖喜眉笑眼,说道:"二公所言确实有理,可惜不够全面。依朕看来,知人善任才是制胜之本。"讲到这里,他放下酒杯,细细点评道:"运筹帷幄,决胜千里,朕不如子房;安土息民,不绝粮道,朕不如萧何;战无不胜,攻无不克,朕不如韩信。若没有这三位人杰相助,朕很难成就帝业。反观项羽,连个范增都留不住,怎能不败?"

诸臣听罢心服口服,全都山呼万岁,高祖龙颜大悦。

过了几天,密探发现故齐王田横下落,飞马赶回洛阳报信。高祖听说后未免有所担忧,急命使臣前去招安。

谁知,田横不愿侍奉汉主,竟在入京途中自尽。高祖唏嘘不已,调拨两千士卒为他修墓。

前汉 40. 抓捕韩信

高祖对同样隐匿民间的西楚旧部颇有忌惮。为了永绝后患，高祖下令张榜重金悬赏季布、钟离昧等人的项上人头。

危急关头，季布的好友濮阳周家与鲁地朱家设法周旋，甚至说动夏侯婴代为求情，总算保住了季布的性命。

季布同母异父的弟弟丁公听说兄长幸免于难，自认为早年有恩于高祖，大大咧咧地前往洛阳求官。不料，高祖翻脸无情，居然以丁公卖主求荣为由，将他当众处决。

楚国降臣得此凶信，无不提心吊胆。燕王臧荼与颍川侯利几担心高祖秋后算账，先后起兵造反。高祖御驾亲征，迅速剿灭了两处叛军。

过了些时日，有人举报韩信窝藏钦犯钟离昧，惹得高祖勃然大怒，恨不能立刻出兵讨逆。然而，韩信用兵如神，麾下又尽是精兵强将，高祖不由得心生顾忌。

关键时刻，陈平主动献计，劝高祖诱捕韩信。高祖言听计从，立即向各地侯王传诏："朕将巡游云梦泽，愿与诸君齐聚陈地，对酒当歌、不醉不休。"

四方诸侯深信不疑，相继动身赴约。唯独韩信惊慌失措，屡屡同亲信密谈："皇帝生性多疑，曾两度夺我兵符。如今他无故南下，

40. 抓捕韩信

莫不是又想对我下手？"

将佐们一头雾水，又不好妄加评论，只得设法宽慰："大王一向忠心耿耿，近来也无过错，何必自寻烦恼？若您实在放心不下，大可交出钟离昧，以证清白。"

韩信虽不忍出卖老友，但为求自保，还是采纳了众人的建议。随后，他找到钟离昧，隐晦地表达了自己的想法。

钟离昧越听越气，忍不住破口大骂："枉你纵横疆场多年，竟参悟不透唇亡齿寒的道理吗？汉军之所以不攻打楚国，正是因为担心我与你联合。也罢！既然你执意寻死，我就成全了你！"说完，他赫然拔出佩剑，自刎身亡。

望着好友的尸体，韩信又羞又愧。但事已至此，他也只能割下对方首级，匆匆赶赴陈地迎候。

可没想到，高祖并未理会钟离昧的死活，反倒直接将矛头对准

韩信。韩信后悔不迭,却为时已晚。高祖下令将他逮捕带回洛阳,以涉嫌谋逆的罪名贬为淮阴侯。

文武群臣得知韩信突遭横祸,隐隐生出几分兔死狐悲的无常之感。高祖为了安抚人心,亲自挑选萧何、张良、曹参、陈平、周勃、樊哙等二十四位功臣,将他们统统封作列侯。

但众口难调,一班将领对高祖的册封有所不满,觉得有失公平。尤其是那些没有受封的人,他们常常聚拢在一起大发牢骚。

眼看朝中人心浮动,张良深感不安,便寻机向高祖示警:"国朝初立,人心本就还未安定。偏偏陛下又依着个人好恶赏罚臣僚,致使百官疑神疑鬼。再这样下去,只怕江山难保啊!"

高祖听罢眉头紧锁,连忙说道:"朕只顾着镇压反王,还没想过后院起火。子房若有良策,不妨细细道来。"

张良对症下药,力劝高祖摒弃前嫌,将平生最为讨厌的雍齿封为什邡侯。诸臣听说后都觉得自己获封有望,纷纷收起锋芒,不再寻衅滋事。

高祖见自己当了皇帝,朝中大臣却仍似往日一般全无礼法,举止粗放,闹得不成样子,心里很发愁。恰在这时,博士叔孙通毛遂自荐,提出要重新制定朝仪。高祖欣然同意。叔孙通便领着百余名弟子,逐条商定朝规礼仪,并反复演练。

转眼秋去冬来,年关将至,高祖通知文武百官到刚刚竣工的长乐宫欢度佳节。等到元旦当天,王侯将相按照品级高低齐齐赶往新宫赴宴。席间,他们因受训多时,个个行礼如仪,再不复过去那般飞扬跋扈。

高祖龙颜大悦,由衷地赞道:"时至今日,朕才体会到皇帝的尊贵!"说着下令重赏叔孙通及其弟子。

朝内刚刚平定,边境却传来警报。高祖六年(前201年),北

40. 抓捕韩信

方的匈奴冒顿单于眼馋中原的丰饶物产，亲率十万余铁骑围攻马邑。镇守边关的韩王信难以招架，又迟迟等不到援军，只好暂时向敌人求和。

不久，前线情报传回关中。高祖怀疑韩王信私通匈奴，即刻遣使责问。韩王信心生恐惧，索性带着兵马投奔匈奴。

高祖惊怒交加，立马点齐三十二万大军挥师北上。韩王信连战连败，犹如丧家之犬。冒顿单于为挽回颓势，急命左右贤王领兵往援，结果也是大败亏输。汉军乘胜追击，接连收复晋阳、离石。

冒顿单于见势不妙，故意安排老弱病残迷惑汉军。奉春君刘敬探查过后，觉得事有蹊跷，便劝高祖不要掉以轻心："冒顿顺利袭杀父亲头曼单于，又征服了东胡、楼兰、丁零、楼烦等地，绝不是等闲之辈。眼下两国交战，他却不用强兵，多半是要诱使我军轻敌冒进。陛下，不可不防啊！"

高祖正因捷报频传而沾沾自喜，冷不丁被泼了一盆冷水，不免有些恼火："一介戍卒，凭着劝朕迁都长安的微末功劳，才勉强混了一个小官，也敢对军中事务指手画脚？简直放肆！"说罢，他唤来卫兵，将刘敬关进广武大牢。

几天后，高祖率领少数骑兵，孤军深入。冒顿单于抓住机会，火速调动四十万精锐，在平城截住汉兵，并将他们一路逼进了白登山。

高祖势单力薄，始终无法突破重围。冒顿单于审时度势，一面加强对白登山的封锁，一面调兵阻击姗姗来迟的汉朝步卒，几乎彻底断绝了高祖的求生之路。

 前汉 | **41. 白登之围**

两军陷入僵持,匈奴兵在白登山下筑起连片营寨——东方青马奔腾,西方白马嘶鸣,南方赤马昂首,北方黑马奋蹄。

高祖登高远眺,急得茶不思、饭不想。陈平思忖多时,向皇帝讨了不少金银珠宝,又备好一幅美女图,遣人送给匈奴王后阏氏(yān zhī)。

阏氏见了亮闪闪的金锭、圆滚滚的珍珠自然爱不释手,但那副绘着美人的卷轴却让她分外警惕:"汉帝为什么送画儿给我?"

汉使照着陈平交代,小心解释道:"皇帝陛下愿与贵国修好,特意挑选绝色佳人献给单于,烦请阏氏代为呈上。"

阏氏瞥了一眼画中女子,一股醋意油然而生:"单于已有人服侍,不劳汉帝费心。"

汉使又说道:"阏氏若能劝得单于退兵,自然皆大欢喜。我家陛下也乐意送给阏氏更多金珠,而不是珍爱的美人。"阏氏说了一声知道了,便卷起图画交给汉使。

阏氏越想越不是滋味,急忙走进内帐,呜咽着说:"汉帝兵少将寡,尚能坚持六七日。等他得了援军,多半更难对付。您若不早做打算,只怕有家难回啊!"

冒顿单于听了爱妻的哭诉,又想到韩王信、赵王利等人迟迟未至,怀疑他们已经叛变,不由得惊出一身冷汗。思量一夜后,他主动打开包围圈,放走了饥寒交迫的汉军。

高祖侥幸逃生,担心冒顿单于衔尾追杀,因此不敢有半点松懈。直到行抵平城附近,他才渐渐放下心来。

又过了几日,高祖还军广武,将刘敬放出狱来,并亲自向他道歉,加封他为建信侯。

高祖九年(前198年),冒顿单于再度兴兵入侵。高祖怒不可遏,却又忌惮匈奴兵锋,一时陷入两难境地。刘敬乘机觐见,建议道:"冒顿不仁不义,却偏偏手握重兵,是个极难对付的狠角色。依臣愚见,陛下若想一劳永逸,唯有采取和亲之计,把长公主嫁给单于。"

高祖听罢颇为心动。等把刘敬送走,他径直前往后宫,想和吕后商量此事。吕后一听要把鲁元长公主嫁到匈奴,顿时泪眼婆娑:"陛下为何这般狠心,竟要把女儿送去苦寒之地?更何况,乐儿与

41. 白登之围

赵王张敖早有婚约,怎能再嫁他人?"

眼看发妻哭得梨花带雨,高祖不免五味杂陈。再三衡量过后,他挑选良家少女代替鲁元长公主,由刘敬送往匈奴成婚。冒顿单于喜得娇妻,又收了许多陪嫁的财帛,暂时放弃了对汉朝的侵扰。

眼下大汉局势看似风平浪静,实则暗流汹涌——高祖返回洛阳两个月后,便有人告发赵相贯高、赵午等人密谋要刺杀皇帝!

高祖火冒三丈,急命卫士逮捕赵国君臣。赵午不愿连累张敖,遂与一众涉案同僚相约自尽。贯高则主动投案,将所有罪责全部揽在自己身上。

廷尉受了高祖指示,对贯高百般拷打,却始终不能让他翻供。高祖感念他的忠义,再加上吕后、鲁元长公主频频求情,便令有司释放张敖。

贯高得知赵王获赦,想着心愿已了,便主动自裁谢罪。高祖听

说后也不免叹息一场。

没过多久,高祖与吕后返回都城长安。刚一入城,他就将张敖贬为宣平侯,并把赵国赐给戚姬的儿子刘如意。刘如意之前获封的代国也并入赵国,仍由代相陈豨(xī)代为管理。又因为刘如意年仅十岁,高祖特意选派御史大夫周昌担任赵相。

只可惜,陈豨素有异心,又受淮阴侯韩信引诱,在辖地里结交宾客,训练士兵。周昌得知后,趁着到都城参加太上皇葬礼,秘密向高祖示警。

高祖差人明察暗访,发觉陈豨果然图谋不轨,立即召他入朝问罪。不承想,陈豨不仅拒不奉诏,还勾结背叛汉朝的韩王信、赵王利,公然与朝廷叫板。

短短数日之间,代、赵各地沦丧大半。高祖怒火中烧,急调四方兵将攻打,而后亲率郦商、夏侯婴等人直扑东垣。

赵王利守着孤城拼死抵抗,可随着城内粮草消耗殆尽,他只得弃城而逃。

与此同时,各路大军相继传来捷报:樊哙连败陈豨、曼邱臣,克复清河、常山诸郡;周勃趁着代国守备空虚,夺取代郡、雁门等地二十余县;曹参、郭蒙联合聊城守军,正面击溃王春所部;灌婴转战襄国,逐王黄、斩张敞;柴武更是深入参合,一举伏杀韩王信。

一时间,叛军死的死、降的降,再也翻不起半点浪花,陈豨不得不像丧家之犬一般逃奔匈奴。

高祖大获全胜,随即班师回朝。途经洛阳时,三十八位诸侯王及朝中将相联名上书,推举皇四子刘恒继任代王。高祖从善如流,将代地赐予薄姬母子。

几天后,封赏事宜告一段落,高祖再度启程。可还不等队伍进入长安地界,一封足以震惊天下的密报已悄然送到高祖手中——

41. 白登之围

不久前,淮阴侯手下的舍人栾说派弟弟入宫告密:"韩信为了配合陈豨,准备乘夜释放囚徒,袭杀太子!"

吕后在宫中又惊又怒,急召萧何觐见。两人经过密谋,命人假扮前线军吏,在城中散布高祖凯旋的消息。

韩信不明真假,被满城流言搅得心神不宁。萧何这时主动登门,邀请他入宫庆贺高祖大胜而归。韩信不得不跟着萧何一起进宫。

吕后早已布下天罗地网,只待韩信踏进宫门,便将他五花大绑。韩信叫天天不应,叫地地不灵,很快就沦为长乐钟室内的一缕亡魂。

42. 白马之盟

高祖得知韩信身死，如释重负。恰在这时，梁国太仆诬陷主君谋反，高祖借机将梁王彭越贬为庶民。

彭越被贬往蜀地青衣县，谁知吕后有心置他于死地，就在半路上等着。彭越毫不知情，还跪请吕后代为说情。吕后假意应允，背地里却添油加醋，撺掇着高祖处死了彭越。

没过多久，淮南王英布收到韩信、彭越的死讯，内心惶恐不安。为求自保，他暗自向封国边境增兵。中大夫贲赫此前因琐事与英布决裂，见此情形，便秘密前往长安告密。

英布又惊又惧，索性公然向汉廷宣战！一时间，荆楚大地战云密布，哀鸿遍野——楚王刘交猝不及防，一败再败；荆王刘贾时运不济，命丧疆场！

此时汉朝能征善战的老将不是因谋反被杀，就是垂垂老死。英布认定年近暮年高祖定不会领兵亲征，大加鼓励手下将士英勇作战，一举夺取汉朝的江山。

眼看着半壁江山就要沦陷，高祖终于赶到前线。英布闻讯，立即摆开阵势，与汉军正面交锋。

混战之中，一支冷箭正中高祖胸膛。幸好身前有盔甲遮挡，高祖并无大碍，他继续指挥着将士们往来冲杀。将士们见皇帝浴血奋

42. 白马之盟

战,自然不甘落后。很快,淮南军被冲得七零八落,再也无法组织起有效的抵抗。

英布自知回天乏力,便狼狈渡过淮水,逃奔江南。高祖乘胜追击,将沿途城镇一一收复。几天后,他行抵沛县,受到家乡父老的盛情款待。

席间,高祖乘着酒兴,高声唱道:"大风起兮云飞扬,威加海内兮归故乡,安得猛士兮守四方!"歌罢,他又教一群儿童学唱。儿童们都聪明伶俐,一学就会。高祖听着他们朗朗的歌声,兴之所至,竟跳起舞来。

在故乡停留了十余天,高祖辞别乡亲,继续西行。途经淮南时,长沙王吴臣遣人献上英布首级,绛侯周勃也送来陈豨伏诛的消息。高祖大喜过望,下令将代、吴等地交由刘濞等子侄镇守。

高祖从淮南启程回京,路上途经鲁地,便命人准备牛、羊、猪

过沛中宴
会乡亲

等祭品,亲自拜祭孔子。仪式结束后队伍继续西行,不料高祖的箭伤复发,只能匆匆赶回关中休养。

戚姬衣不解带,日夜在榻前照顾。高祖深受感动,竟然打算改立刘如意为太子。张良、叔孙通等重臣深恐动摇国本,接连上疏反对。吕后为求自救,听从张良的建议,请来名动天下的商山四皓辅佐刘盈。

一日,宫中大摆宴席,四皓随同太子赴会。高祖一见四位名士,大惊失色:"朕早年四处寻访诸位先生,却始终求而不得,为何如今却对我儿俯首称臣?"

四人徐徐下拜,齐声应道:"陛下常以轻辱儒生为乐,臣等遂不敢应诏。可太子宽厚仁慈、善待士人,海内臣民无不倾心。臣等若不尽心辅佐,岂不是违逆天意?"

高祖听罢,自忖太子羽翼已成,便打消了废储的念头。戚姬心有不甘,天天在高祖面前哭诉。高祖软语温言百般抚慰,这才平息了一场风波。

又过了段日子,京师百姓争相上诉,控告相国萧何强买民田。高祖不怒反喜,全然不放在心上,只是让萧何自己给民众一个交代。

其实萧何是有意辱没自己的贤良名声,好打消高祖对自己的猜疑。眼瞧着目的达成,他便将田宅归还旧主。

几个月后,萧何呈上一道奏折,提出都中人多地少,应该把皇家园林的空地分给百姓耕种。高祖认为萧何这是在损害自己的利益来讨好百姓,直接将他关进大牢。

群臣万分震惊,可都不敢替萧何求情。幸好朝中有一名王卫尉为萧何鸣不平,并以秦朝李斯作对比,列举萧相国的忠君爱民之心。一番话说得高祖心生愧疚,终于发下一道赦令。

萧何死里逃生,但心气已泄了大半。从此,他深居简出,行事

42. 白马之盟

越发谨慎。高祖乐见其成,渐渐恢复了对萧何的信任。

与此同时,周勃班师回朝,举报燕王卢绾曾经与陈豨暗中勾结。高祖与卢绾从小一起长大,又并肩作战多年,感情很深厚,高祖并不相信对方会背叛自己。但周勃言之凿凿,又不免让他生出几分疑虑。

为了一辨真假,高祖特意宣召卢绾入京。可卢绾做贼心虚,直接诈病抗旨。

高祖心生不满,但仍顾念旧情,遂命辟阳侯审食其、御史大夫赵尧亲赴燕都探视。卢绾生怕惹火烧身,辩解道:"陛下近来抱病,政务悉数交予吕后。可她设计诛韩信、灭彭越,着实令人胆寒。下臣斗胆,烦请二位转告陛下,待他痊愈之后臣才敢入朝请罪嘞!"

审食其是吕后身边的亲信,故而对卢绾的言辞十分不满。回京后,他如实报告,惹得高祖火冒三丈。

不久,边关发来密信,言称燕国叛臣张胜"死而复活",仍与匈奴联络不断。高祖暴跳如雷,结果引得箭疮崩裂,病情急转直下。高祖强忍病痛,安排樊哙率部讨伐卢绾。

樊哙深知事态严重,即刻动身北上。然而,他刚一出发,就有小人暗中诽谤:"樊哙串通妻姐吕后,想要杀害戚夫人与赵王!"

高祖信以为真,急命陈平、周勃前去诛杀樊哙。陈平、周勃不敢违逆,又不忍杀害这位老将皇亲,便只将樊哙收押,而未伤他性命。

高祖十二年(前195年)三月,高祖重病垂危。弥留之际,他在宫中宰杀白马,与百官共同立誓:"非刘氏子孙,不得封王;非有功之人,不得封侯。谁敢违约,天下人共击之!"

宣誓完毕后,大臣们四散而去。高祖稍作休息,又把吕后唤来交代后事,嘱咐她,萧何死后可由曹参接掌相位,若曹参亡故,则由王陵继任,再让陈平、周勃从旁协助。

吕后一一记下，旋即又问道："王陵死后，谁可为相？"高祖嘴唇翕（xī）动，低声答道："世事难料，不必强求。"吕后便不再问下去。

四月，高祖溘然长逝。吕后大权独揽，不仅秘不发丧，还想寻机把功臣宿将一网打尽，吕释之、审食其等亲戚故旧都充当了她的爪牙。

不料吕释之的次子吕禄一时嘴快，竟把计划一股脑地告诉了好友郦寄。郦寄大惊失色，急忙报知父亲郦商。

郦商表面上不动声色，暗地里却警告审食其："朝中一旦有变，驻守各地的灌婴、陈平、周勃等人绝不会善罢甘休。到那时，皇后、太子尚且性命难保，阁下还能独善其身吗？"

审食其越听越怕，赶紧入宫劝谏。吕后见事情败露，也只好暂时打消非分之想，老老实实操办起了高祖的丧事。

前汉 | 43. 吕后专权

高祖驾崩后,刚满十七岁的太子刘盈继位,史称汉惠帝,不过朝政却把控在吕后的手中。

消息传到燕地,卢绾心灰意冷,带着家眷投奔匈奴。陈平也担心吕后秋后算账,急忙押着樊哙赶往长安。吕后见樊哙平安无事,自然转怒为喜,又感念陈平一心记挂先帝与新君,便提拔他当了郎中令。

吕后得掌大权,转头便把矛头对准了曾经的心腹大患戚夫人。她下令剃掉戚夫人的头发,将她贬为奴仆,囚禁在永巷里舂米。戚夫人受到如此凄惨的对待,整日以泪洗面,又编了一首歌谣,边舂米边唱:"子为王,母为虏!终日舂薄暮,常与死为伍!相离三千里,当谁使告汝!"

吕后听了知道戚夫人有心依靠儿子脱离囹圄,于是设法调开赵相周昌,将赵王召入帝都。惠帝宅心仁厚,不忍看着幼弟丧命,就抢先一步把他接到身边照顾。

转眼间,秋去冬来。惠帝一时大意,舍了刘如意出宫打猎。吕后闻得此事,立即命人毒杀了赵王。

惠帝悔之晚矣,又不好与吕后翻脸,只得默默忍耐。但吕后余怒未息,竟下令砍断戚夫人手足,挖出她的眼珠,做成"人彘",

强令惠帝观看。

望着不成人形的戚夫人,惠帝被吓得丢了三魂七魄。回宫后,他大病一场,朝廷政务也日渐疏懒。

惠帝二年(公元前193年)冬十月,齐王刘肥入朝,与惠帝共叙手足之情。吕后从旁观察,觉得这位庶长子毫无尊卑观念,就打算用毒酒毒害他。惠帝毫不知情,坚持要与刘肥对饮。吕后担心误伤儿子,不得不临时打翻了酒杯。

刘肥初时并未在意,只道是吕后喜怒无常。回府后,他差人暗中打探,方才知晓前因后果。

一连数天,刘肥吓得茶饭不思。齐国内史心有戚戚,向刘肥献上一计。刘肥便按着内史所言,主动把治下的城阳郡送给妹妹鲁元公主,还厚着脸皮认她做了王太后。

吕后心狠手辣,唯独对一双儿女疼爱至极。刘肥的举动看似荒唐,却正中吕后心思。很快,吕后就带着惠帝和鲁元公主,亲自登门为他践行。

酒席散去,吕后、惠帝等人各自回宫。刘肥如释重负,连夜逃离京城。

这年秋天,长安都城中发生了一件大事,相国萧何因为久病不治,驾鹤西去。临终前,他保举曹参继任相国一职。惠帝想起高祖生前安排,于是召曹参尽快入京。

曹参此时正在齐地担任相国,听得朝廷召唤,便辞别刘肥,与使者一道赶赴长安。上任后,他沿袭旧制,与民休息,将天下治理得井井有条。只可惜,曹参因连年征战落下一身伤病,在位不过三年便撒手人寰(huán)。

一年后,张良、樊哙与惠帝也相继病亡。吕后先失臂助,后丧独子,悲伤之余更加感到孤立无援。

43. 吕后专权

此时，朝堂内外人心惶惶，不知吕后有何安排。侍中张辟疆洞若观火，揣度出吕后的心思。在他的建议下，新任左丞相陈平匆匆入宫，向吕后面禀："国丧尚未结束，京师便已暗流涌动。微臣不才，愿举荐郦侯吕台、浟（xiáo）侯吕产分管南、北禁军，以震慑四方宵小！"

吕后本就偏爱母族，欣然采纳了陈平的建议。不多时，吕氏兄弟就架空太尉周勃，成功掌握了都中军权。

二十多天后，惠帝葬入安陵。吕后将从后宫领来的婴儿当作皇后张嫣的孩子，扶立他为少帝，还打算册封吕氏子弟为王。

陈平、周勃等人不敢违逆吕后，右丞相王陵却眼里揉不下沙子，出言反对："高祖皇帝曾与群臣约定，严禁外姓人封王，太后怎能背约负盟呢？"

吕后被王陵抢白了一场，脸色阴晴不定。没过多久，她就用明

升暗降的手段，夺了王陵的相权。

王陵愤愤不平，干脆上疏请辞。吕后巴不得耳根清净，所以并未挽留。事后，她把陈平、审食其提拔为左、右丞相，又调上党郡守任敖进京担任御史大夫。不久，吕后追封父亲吕公为宣王、长兄吕泽为悼武王，开创了吕氏封王的先河。

高后元年（前187年），鲁元公主和吕王吕台先后病逝。吕后悲痛之余，加封吕禄、吕种、吕平等一众子侄，还把吕氏女子一一嫁给刘氏王侯。一时间，吕家风光无限。

转眼间，被当作傀儡的少帝继位已有三四年，他意外得知了亲生母亲被吕后杀害的真相，扬言要为母报仇。

吕后听闻此事，担心小皇帝长大后对自己不利，便以莫须有的罪名将他罢黜并杀害，改立年幼的恒山王刘弘为新帝。

几年后，吕氏家族羽翼丰满，风头几乎盖过刘氏皇族。赵王刘友的王后吕氏因为失宠，诬告赵王谋反。吕后不分青红皂白，立即召他回京，幽禁至死。

一个月后，梁王刘恢奉旨出镇赵国。吕后放心不下，便勒令他迎娶新任梁王吕产的女儿为妻。然而，吕氏多疑善妒，过门后就毒死了刘恢的宠妃。

刘恢不甘受辱，却又无力反抗，索性饮药殉情。吕后对此嗤之以鼻，趁机收回赵地，改封吕禄为赵王。

高后七年（前181年），燕王刘建薨（hōng）逝。吕后出于私心，派人刺杀王世子，将燕地赐给了侄孙吕通。

自此之后，吕家一门三王，权倾朝野。王公贵人或迫于形势，或贪恋权位，大多唯吕后马首是瞻。幅员辽阔的大汉江山，俨然成了外姓人的天下！

前汉 | 44. 吕家被诛

高后八年（前180年）秋，掌权八年的吕后身患重病。临终前，她擢升吕产为相国、吕禄为上将军，并把南、北两军交给二人统领。

八月一日，吕后崩逝于未央宫。吕禄、吕产遵照遗嘱，带着两军据守皇宫，就连吕后出殡也未离半步。陈平、周勃等一干老臣虽有心借机锄奸，但苦于无隙可乘，也只能按兵不动。

丧礼结束后，诸吕行事越发嚣张，吕禄更是渐生谋逆之心。一时间，长安城内暗流涌动，处处弥漫着危险的气息。

眼看局势就要失控，刘肥之子朱虚侯刘章从妻子吕氏口中盘问出了岳父吕禄等人的阴谋。惊怒之余，他火速派人赶去齐国示警，并力邀一母同胞的齐王刘襄发兵剿贼。

刘襄也深恨吕氏弄权，闻讯后立刻整顿兵马，发布讨吕檄文。为了增加胜算，他把琅琊王刘泽诓到临淄，趁机夺了琅琊军的指挥权。

不久，济南郡遭重兵突袭，岌岌可危。吕产、吕禄唯恐刘襄杀到长安，急调颍阴侯灌婴领兵迎战。灌婴一心向汉，不仅停驻荥阳不进军，还私下联络周勃和刘襄，准备反戈一击。

周勃得了强援，信心大增，便催促陈平尽快动手。陈平也怕节外生枝，可又忌惮南、北二军。他知道郦商父子与吕禄、吕产交情

深厚,就设计软禁郦商,迫使郦寄出面劝降吕禄、吕产。

郦寄心系老父安危,只好前往说服吕禄。吕禄被齐地战事闹得焦头烂额,听了郦寄的劝说,竟真的打算交出兵权,前往自己的封地。

吕后的妹妹临光侯吕媭(xū)听说侄子的想法后,气得当面喝骂:"蠢材!若是没了军队,你拿什么自保?"说罢,她唤来几名仆人,把珍藏的金银珠宝全部丢在地上,怒道:"吕家迟早家破人亡,我又何必替人守财!"吕禄被劈头盖脸地训了一顿,难免有些动摇。

恰在这时,郎中令贾寿出使齐国归来,将沿途所见所闻悉数上报。吕产意识到灌婴等人怀有二心,急忙调兵封锁皇宫。

平阳侯曹窋是前相国曹参之子,正与吕产同殿当值,见他图谋不轨,便马不停蹄地给元老们通风报信。陈平、周勃生怕夜长梦多,准备立即发动政变。

很快,襄平侯纪通手持符节,护送周勃进入北军大营。典客刘

44. 吕家被诛

揭也配合着郦寄，骗取了吕禄的将印。北军兵将审时度势，全都袒露左臂，宣誓效忠刘氏皇族。

陈平担心诸吕狗急跳墙，就请刘章驰援周勃。与此同时，曹窋正在未央宫内设计阻拦吕产，他担心南军终会闯入，连忙派人向周勃求援。周勃立即拨给刘章千余士卒，让他前去保护后少帝。

刘章奉命入宫，碰到在殿外徘徊的吕产和南军，毅然拔出佩剑带头杀向敌阵。

事发突然，吕产被吓得六神无主。慌乱之中，他竟抛下护卫，独自躲进了郎中府的茅厕。南军群龙无首，阵脚大乱，当下四散而逃。

吕产很快被人搜了出来，押到刘章面前。刘章不容他分辨，一剑结果了他的性命。

随着吕产身死，吕媭、吕禄及远在燕国的吕通等人彻底成了俎（zǔ）

注：图中"夺楚军捕诛诸吕"应为"夺禁军捕诛诸吕"。

上鱼肉。周勃当机立断,以最快的速度将吕氏全族屠戮一空。

诸吕伏诛,侥幸从齐国脱身的刘泽赶到了帝都。因为他是刘氏宗室中最年长的,陈平、周勃等人邀请他参加商定善后事宜。

会上陈平、周勃等人提出,吕后拥立的少帝身世存疑,应罢黜他另立新君。当时有人提议拥立高祖长孙齐王刘襄,刘泽却说:"齐王母舅驷钧生性残暴,与诸吕别无二样。一旦让这对舅甥掌权,谁能保证外戚祸国的戏码不会再次上演?"

陈平、周勃深以为然,于是放弃刘襄,转而寻找更加合适的人选。

此时,惠帝刘盈、齐王刘肥、燕王刘建、赵王刘如意、梁王刘友、淮阳王刘恢相继离世,高祖的八个儿子中仅剩代王刘恒与淮南王刘长尚在人世。但刘长骄横跋扈,又和吕后有近乎母子的情分,远不如谦恭仁厚、势孤力薄的刘恒受百官青睐。经过慎重考虑,朝臣们最终选择迎立刘恒。

可代王刘恒与母后薄氏深知朝堂风云变幻、诡异莫测,都心存戒心不敢轻易前往。郎中令张武等代国官员怀疑周勃、陈平、灌婴等老臣居心不良,建议刘恒装病不从。

中尉宋昌听着同僚们大放厥词,站出来说道:"秦末群雄并起,却悉数败于高帝之手,可见刘氏称尊乃是天意。更何况,高帝分封诸王、广施仁政,早已为后世子孙建立了不朽基业。若非如此,权势滔天的吕家何以转瞬间就灰飞烟灭?眼下百废待兴,大王既是天潢贵胄,又受官民敬重,就该早日继承大统,免得上愧祖宗、下负黎民啊!"

刘恒听罢内心松动,但他生性谨慎,仍有所疑虑。为求心安,他先请卜人占卜,又派舅舅薄昭入京探听虚实——卜人言说卦象大吉,薄昭也报称三公九卿均无二心。

接二连三的好消息,终于化解了刘恒的担忧。没过多久,他就

44. 吕家被诛

携着宋昌、张武等七名僚属赶往长安。

公卿们闻听代王快到长安时,提前赶到渭桥迎候。待到两方人马会合,周勃越众而出,请刘恒屏退左右,自己有要事相商。

宋昌果断拦阻:"王者无私,何须避人耳目?太尉若要陈情,不妨直言。"周勃被他一说,顿时满脸通红,赶忙跪倒在地,恭敬地献上天子符玺。

刘恒谦虚地推辞道:"兹事体大,等到了府邸再议吧。"周勃只好收起了玉玺,请代王入京。

闰九月中旬,群臣联名上书,恳请代王继位。在群臣的再三尊请之下,刘恒在未央宫正式登基称帝,史称汉文帝。

45. 汉文帝初执政

十月初一，文帝封授功臣与宗亲，安抚人心。等到政局渐趋稳定，薄昭护送薄太后及一众亲眷进京。

文帝元年（前179年）一月，百官联名上奏，请求早日册立太子、皇后。文帝于是把皇长子刘启立为储君，并让继室窦氏入主中宫。

转眼间，冬去春来，文帝经过半年多的历练，处理国事变得更加熟练。一日，他趁着朝会，专门问起国中刑狱、钱粮之事。

右丞相周勃出身行伍，对政务几乎一窍不通，顿时急得汗流浃背。文帝转而又问左丞相陈平，陈平也回答不出，便硬着头皮辩解道："丞相乃百官之首，上佐天子、下揽全局，并不过问细枝末节。陛下若想了解讼案、收支详情，应当去问廷尉和治粟内史。"

文帝变了脸色，语带怒气地问道："那丞相你主管什么呢？"陈平跪伏在地回答："陛下不嫌弃臣驽钝，让臣忝列相位。臣认为丞相的职责是协助皇上安民攘外，敦促百官各尽职守。"文帝听罢转怒为喜，点头称赞陈平。

周勃看着老友侃侃而谈，再想想自己被问得哑口无言的窘态，有些怅然若失。后来他经人提醒，又疑心自己犯了功高震主的忌讳，索性主动称病请辞。文帝也不强留，就让陈平独掌相权。

四方藩属听闻大汉君圣臣贤，无不敬服。唯有前南越王赵佗因

45. 汉文帝初执政

与吕后交恶，妄想着割据岭南，与汉朝分庭抗礼。

文帝念着大局，不愿轻启战端，因此派人重修赵佗父母的坟茔，并赐给赵氏族人丰厚的钱财。文帝有意派人出使南越，与赵佗和谈，陈平举荐了能言善辩的陆贾。文帝知道此人曾替高祖收服赵佗，便命他携着亲笔书信南下劝降。

陆贾领了旨意星夜兼程，很快就赶到番禺。赵佗得知故人远道而来，当即设宴款待。陆贾把书信交给了赵佗。赵佗读完，得知自己的族人受到文帝照拂，而文帝在信中一番推心置腹的话更是让他深受感动，于是再度向汉廷称臣纳贡。

陆贾完成使命归来，文帝感到很欣慰，赏给他许多财帛。

转眼到了文帝二年（前178年），丞相陈平突然一病不起，不多久就离世了。相位突然空缺，文帝唯恐政局动荡，急忙召回周勃。

当时恰巧出现日食，文帝认为是天象示警，便颁布诏书招纳天

一纸文帝书　蛮夷服

下贤才进言直谏,辅助朝政。

新任廷尉吴公听说朝廷招贤纳士,第一时间举荐了同乡少年贾谊。文帝察其言行,认为此子确有真才实学,于是破格录用。

贾谊初生牛犊,在朝堂上议事时,那些老臣考虑不周的问题,他都能一一提出并加以解决。文帝十分欣赏他,不到一年就升任他做了太中大夫。贾谊受到重任后议事更加大胆,他上书请求文帝举行亲耕籍田的典礼,以鼓励农桑,又提出让尚未就国的诸侯前往封地,文帝一一准奏。

丞相周勃、太尉灌婴、御史大夫冯敬与东阳侯张相如等人忌恨贾谊受到宠信,极力在文帝面前出言诽谤贾谊,最终将他排挤出了中央,出任长沙王太傅。

此时朝堂内,周勃与刘章因为争扶立新君的功劳心生嫌隙,暗地里互相埋怨。文帝干脆以列侯不宜久居京城为由,再度罢免了周

45. 汉文帝初执政

勃的相职，让他前往封地。

文帝三年（前177年）五月，匈奴右贤王劫掠上郡。文帝先遣灌婴领军迎战，随后亲率精兵声援接应。匈奴人畏惧汉军兵锋，旋即遁入草原。

见前线战事已经平息，文帝又转赴太原，接见代国旧臣。

当时，齐王刘襄、城阳王刘章被文帝打压，抑郁而亡。刘章之弟济北王刘兴居怀恨在心，趁着关中空虚，悍然起兵。文帝尚在故地盘桓，闻讯后不及折返，急命棘蒲侯柴武先行出兵。

柴武一路疾驰，终于在荥阳截住叛军。一番激战过后，刘兴居大败亏输，沦为阶下之囚。押解途中，他万念俱灰，扼颈身亡。

数月后，淮南王刘长借着朝觐的机会，在辟阳侯府锤杀了审食其。文帝本就不喜欢吕后余党，兼之偏爱幼弟，所以并未深究。

中郎将袁盎冷眼旁观，觉得此举不异于养虎为患，苦劝文帝早做打算。可文帝顾念兄弟情谊，始终不肯重罚。

刘长从此更加不把汉朝律令放在眼里。三年后，他勾结柴武之子柴奇，妄图夺取帝位。文帝大失所望，却仍不舍得明正典刑，只将他贬到蜀地严道县。

谁知刘长性情刚烈，半路上就绝食而死。文帝闻得噩耗，心如刀绞。事后，他不顾臣民非议，命侄子刘安承袭王爵。

贾谊此时已改任梁王太傅，他见此情形忧心忡忡，便针对诸侯王尾大不掉、匈奴人屡屡犯边等国家形势，写出一篇《治安策》，差人送往京城。

文帝浏览再三，觉得信中所写都不过是贾谊的满腹牢骚，他想：朕自继位以来，对内轻徭薄赋、宽减刑罚，对外整顿边防、选用良将，如今四海承平、百姓安居，那会有什么祸乱。想到这儿，文帝长叹一声，将《治安策》束之高阁。

贾谊壮志难酬，再加上梁王刘揖不幸坠马身亡，越发怏怏不乐。文帝十二年（前168年），他不幸染病，英年早逝。

文帝十五年（公元前165年），齐王刘则去世。文帝想起贾谊生前所奏，将齐地一分为六。新齐王刘将闾敢怒不敢言，只得与五个兄弟一同受封。

各地宗亲物伤其类，渐渐收敛了往日的嚣张气焰。唯独坐镇东南的吴王刘濞，仗着兵强马壮，仍旧我行我素。

恰在这时，太子刘启与吴太子刘贤在下棋起了争执，竟失手砸死了他。刘濞老来丧子，悲愤交加，与朝廷的关系几乎降到冰点。

文帝有意召见刘濞，与他当面交谈缓和关系，但刘濞一直称病不来。文帝忍无可忍，遂将吴使收押，准备兴师问罪。

刘濞一看文帝动了真怒，急派使臣赴京请罪。这位使臣当真不辱使命，文帝在他劝说下，不再与刘濞计较。

前汉 | **46. 七国之乱**

文帝后元六年(前158年)十一月,军臣单于受汉奸中行说挑拨,侵扰云中、上郡。文帝急调中大夫令勉、前楚相苏意、前郎中令张武分兵迎战,并派宗正刘礼、祝兹侯徐厉、河内太守周亚夫沿渭河两岸布防。

几天后,文帝感念将士们备战辛苦,亲自出宫劳军。文帝前往

各营,发现刘礼、徐厉驻守的霸上、棘门两处毫无防备,仍似往常一般松松垮垮。唯有细柳营严阵以待,军纪森严,甚至将御驾拦在营门之外。文帝不由得赞赏周亚夫治军有方,不堕其父周勃威名。

匈奴军见汉军攻守有备,自认为占不到什么便宜,在边境掠夺一番便离去了。待到战事完结,文帝论功行赏,提拔周亚夫做了中尉。

一年多后,文帝忽染重病。临终前,他把太子刘启唤到身前,嘱咐道:"周亚夫老成持重,不妨委以重任,也好为我大汉江山保驾护航。"

当时,周亚夫因为长兄周胜之犯罪失爵,加之自己功勋卓著,已获封条侯。刘启深知此人本领,当即含泪应允。

这年六月,文帝崩逝于未央宫。刘启继承大统,缓缓拉开景帝一朝的序幕。

景帝继位后重用自己当太子时的一班旧臣,提拔前东宫侍臣张欧为廷尉,前太子家人晁错为内史。晁错尤其受到景帝宠信,只要是他的建议,景帝无不采纳。

景帝前元二年(前155年),晁错为求办公方便,擅自在太上皇庙的围墙上开凿门洞。丞相申屠嘉以此为由,奏请景帝将其诛杀。可没想到,景帝偏袒晁错,当场驳回了他的提议。

申屠嘉折了面子,气急攻心,没几日便呕血身亡。景帝赐予他谥号"节",随后任命御史大夫陶青为相,并提拔晁错为御史大夫。

晁错接连升任,跻身三公之列,气焰越加高涨。为了早日做出一番惊天动地的大事业,他将满腔热忱凝成一篇《削藩策》,矛头直指日渐失控的诸侯王。

景帝早就存着削藩的心思,与晁错一拍即合。此时詹事窦婴却站了出来表示强烈反对,景帝便暂且搁置不议。

窦婴是窦太后的侄子,纵使晁错也不敢与他据理力争,只好隐

46. 七国之乱

忍不发。

景帝前元三年（前154年）十月，梁王刘武入朝觐见。窦太后疼爱幼子，在宫中大摆宴席。觥筹（gōng chóu）交错间，景帝睁着醉眼，笑道："千秋万岁后，朕就把皇位传给二弟。"

窦婴心头一颤，赶忙起身提醒："皇位父子相传，乃是自古的规矩。陛下纵然宠溺王爷，也不该拿国家大事开玩笑。"

景帝愣了一下，顿时清醒过来。窦婴担心景帝下不了台，献上一杯酒请景帝自罚，把立储之事有惊无险地遮掩了过去。

刘武见一桩好事被窦婴搅了局，当场脸色大变。窦太后也恼恨侄子多管闲事，因此除去他的记名牌，不准他再入宫拜见。

晁错见窦婴被免职，再次上奏景帝请求削藩。景帝还没下定决心，这时楚王刘戊恰好进京朝觐。晁错借机弹劾楚王："当初太皇太后国葬期间，楚王不守礼法，沉浸于声色犬马，论罪当诛！"

景帝有心整顿朝纲，却不忍大开杀戒，于是没收楚地东海郡，仍放楚王归国。

楚国封地被削减，晁错又上奏弹劾赵王刘遂和胶西王刘卬。景帝差人严查，发觉两人果然有违法的行迹，便下令削夺了他们的部分封地。

吴王刘濞忐忑不安，暗地里联络各刘氏王侯，打算先下手为强。以吴王刘濞、胶西王刘卬为首，楚、赵、胶东、菑川、济南这七位刘氏王侯达成秘密协议。

景帝前元三年，景帝听从晁错建议，裁减吴国郚郡、会稽郡。

吴王刘濞接到诏书，立即征召国内十四岁以上、六十岁以下的男子入伍，并将中央任命的中下层官吏屠戮一空。楚国及受邀参战的东越国随之发兵，接应吴军抢渡淮河。

赵王刘遂不甘人后，立马率军赶往赵国西境，与联军遥相呼应。

齐地诸王得知三国如约起事,迅速调集重兵,向中途退出的刘将间发难。

济北王刘志瞧着烽烟四起,有心趁乱插一脚,奈何都城残破,又被郎中令等人软禁,完全动弹不得。淮南王刘安念着父仇未报,也想浑水摸鱼。幸好国相深明大义,提前把兵权骗到了自己手里,这才保全了万千百姓的性命。

数日后,各地示警、求援的奏章如雪片般飞入京城。景帝吓得惊慌失措,晁错却力劝景帝御驾亲征。前吴相袁盎秘密赴京,向景帝献计:"诸国反叛,无非是要诛晁错、清君侧。陛下若遂了他们的心愿,必能不战而屈人之兵。"

景帝思虑再三,认为诛杀晁错利大于弊,便将他腰斩于东市。只可惜,晁错的死讯并没有带来预期的和平,反倒助长了反王们的嚣张气焰。

没过多久,梁国遭到吴、楚大军围攻,损失惨重。刘武孤立无援,

46. 七国之乱

不得不向朝廷求助。

面对残酷的现实,景帝放弃幻想,起用周亚夫和窦婴整军备战。很快,太尉周亚夫统领三十六将,讨伐吴、楚;大将军窦婴联合前燕相栾布与曲周侯郦寄,攻打齐、赵。

刘濞、刘戊仗着兵多将广,只顾攻城略地,并未在意劳师袭远的中央军。周亚夫趁此良机,先用梁国拖住吴、楚主力,随后进据昌邑,伺机截断叛军粮道。

吴、楚联军与梁军僵持多时,突然收到后路断绝的噩耗,几乎斗志全无。刘濞害怕兵将哗变,只得冒险转攻中央军。

周亚夫指挥若定,数次挫败敌军攻势。刘濞被打得心碎胆裂,偷偷带着儿子刘驹和数千亲卫逃往东越。不料,东越王暗中倒戈,在丹徒将之诱杀。刘戊见大势已去,在突围途中拔剑自刎。

吴、楚溃败后,弓高侯韩颓当奉周亚夫之命驰援齐地。与此同时,窦婴也派了平阳侯曹襄赶来助战。栾布大喜过望,直接向叛军发动总攻。

齐王刘将闾受困多日,忽闻临淄城外擂鼓鸣金,顺势发兵反攻。胶西、菑川、胶东三路兵马大败亏输,落荒而逃。济南兵被乱军裹挟,也都弃了粮草,仓皇逃回本国。

韩颓当衔尾追击,迫使胶西王刘印拔剑自刎。菑川王刘贤、胶东王刘雄渠与济南王眼见大难临头,不及归国便畏罪自杀。

随着一干同党相继败亡,赵王刘遂病急乱投医,妄想借助匈奴的力量扳回一城。怎奈军臣单于早已认清形势,不想再蹚浑水。刘遂迫于无奈,只能死守国都。

郦寄围城数月,将守兵士气消耗殆尽。栾布趁机决堤引水,一举攻破邯郸。刘遂走投无路,在绝望中自尽身亡。

47. 汉武当政

七国之乱平定后，各路将帅陆续班师。景帝论功行赏，册封窦婴为魏其侯、栾布为鄃侯。周亚夫、郦寄等人因有爵位在身，不便再加，也都赏赐了巨量财帛。

景帝前元四年（前153年）四月，景帝册立宠妃栗姬之子刘荣为储君。馆陶长公主刘嫖想着女儿陈阿娇尚无婚配，有意亲上加亲。可栗姬不满长公主屡屡向景帝进献美人，一口回绝了这门亲事。

刘嫖恼羞成怒，转身将阿娇许配给胶东王刘彻，并与王美人结成攻守同盟，想方设法地对付栗姬母子。

两年后，景帝废掉无子又失宠的薄皇后，打算立栗姬为皇后。刘嫖大为不满，诬陷栗姬常用邪术诅咒妃嫔，称她气量狭小，不适合当后宫之主。

景帝听了记在心中，暗中有意查探栗姬的心思，见她果然善妒量小，便渐渐疏远了她。

王夫人冷眼旁观，见时机成熟，撺掇着大行官故意去为栗姬请封："古语有云，子以母贵，母以子贵。陛下立储多年，何不尽快册封栗姬为后？"

景帝怀疑大行官受栗姬主使，一怒之下，不仅将大行官逮捕下狱，还废黜太子刘荣为临江王。栗姬竹篮打水一场空，很快就忧愤而死。

没想到梁王刘武见储君之位空缺,竟入宫请求窦太后,把当年"兄终弟及"的醉话弄假成真,结果遭到太常袁盎的两度驳斥。

景帝前元七年(前150年)四月,王夫人如愿坐上皇后之位,刘彻亦被立为太子。刘武气急败坏,暗中派人刺杀了袁盎。景帝碍于太后情面,不便从严处置,仍待他如初。

刘武却不知收敛,不停地在窦太后面前搬弄是非,甚至翻出多年前周亚夫拿他做诱饵的旧账,一心要把他除去。景帝见幼弟不守本分,心中很是不快,便寻了机会将他赶回封国。

此后数年,刘武郁郁寡欢,致使暴病身亡。窦太后痛心入骨,责怪皇帝逼死爱子。景帝无可奈何,只好依着长公主建议,将五个侄子悉数封王,又额外赐给五个侄女封邑,这才哄得窦太后破颜一笑。

几个月后,景帝忽然想起刘武生前所奏,有意试探一下周亚夫。他在宫中设下酒宴,故意让人不备筷子。

周亚夫性情耿直,就连之前顶撞景帝失了圣眷,也未曾委曲求全。如今见景帝故意戏弄自己,一时恼羞成怒,以致不顾尊卑拂袖而去。

恰在这时,周亚夫之子私自购买了五百套铠甲、盾牌,用作父亲百年之后丧葬仪式上用。景帝听说此事,顺势将周家父子送进大牢,指控他们涉嫌谋逆。

周亚夫蒙受不白之冤,绝食而死。景帝毫不惋惜,直接改封周亚夫的弟弟周坚为平曲侯。

景帝后元三年(前141年)正月,景帝突患恶疾,崩于未央宫。刚满十六岁的太子刘彻继位,史称汉武帝。

年轻气盛的武帝一心想做一番大事业,刚一上台就下旨招贤纳

士,意在网罗天下大才为自己所用。名儒董仲舒前来面见武帝,提出"罢黜百家,独尊儒术"的大一统思想,让武帝尤为赞赏。

太皇太后窦氏向来爱好黄老之学,对儒术嗤之以鼻。见武帝推崇儒术,她立即出言干预。武帝不敢违逆太皇太后,只得事事请示。

御史大夫赵绾出身儒家,向来看不惯妇人干政,因此鼓励武帝自行处理国事。武帝也有心绕开祖母,可苦于根基浅薄,暂时不敢轻举妄动。

时隔不久,太皇太后意外得知赵绾所奏,深恨此人挑拨皇室关系,进而迁怒于所有和儒学有瓜葛的大臣。武帝为了息事宁人,不得不将赵绾及其同门王臧下狱治罪,并革去了举荐两人的丞相窦婴、太尉田蚡的官职。

数日后,赵绾、王臧竟一同自杀了。武帝心中愤懑(mèn),却也别无他法。

47. 汉武当政

直到后来，太皇太后撒手人寰，武帝才大胆起用名儒董仲舒，正式推行"罢黜百家，独尊儒术"的治国思想。

一时间，高才绝学纷至沓来，东方朔、司马相如等文人学士不善儒经，可凭借三寸之舌和锦绣文章，也在长安闯出了一番名堂。

临淄人主父偃修习纵横术多年，游遍齐、燕、赵诸国，却始终不得重用。听闻武帝求贤若渴，他立马怀抱满腔抱负，入关自荐。

武帝量才录用，召见当日就授予主父偃郎中之职。主父偃受到武帝赏识，越加露才扬己，接连上数道奏疏议论时政。武帝并不厌烦，多次采纳他的建议，还在一年之中四次提拔他，使他一跃成为炙手可热的中大夫。

当时，大小诸侯国历经数次打击，仍有威胁中央的实力。主父偃认真研判，想出一招釜底抽薪的妙计——诸侯王一旦去世，除嫡长子继承王位外，其余诸子亦有权分割部分土地成为列侯。与此同时，新建侯国无论大小，都必须服从当地郡守管理。

武帝细细琢磨，认为此法近乎万全之策——既不必动用一兵一卒，又能最大限度地削弱诸侯势力。于是，他采纳主父偃的建议，颁布"推恩令"，将诸侯国的领地层层分封下去，成功削弱了他们的力量。

由此主父偃声名鹊起，引得满朝公卿争相结交。

过了段日子，主父偃受人之托，告发燕王刘定国荒淫无道。刘定国做贼心虚，抢在朝廷动手之前畏罪自杀。武帝犹不解恨，下令废除燕国国号，改设郡县。

没过多久，齐王刘次昌被人查出与胞姐乱伦。武帝念其年纪尚轻，责令主父偃出任齐相，代为管教。

主父偃曾在齐国受过冷遇，而今奉皇命前来监管，自然有心报复。结果没想到，刘次昌胆小怕事，只是听了几句恐吓便服毒自尽。

赵王刘彭祖担心主父偃记恨自己不曾重用他,为求自保,他赶忙搜集证据,控告主父偃揽权受贿。御史大夫公孙弘因嫉妒主父偃,也趁机落井下石。

武帝虽然爱才,但也禁不住朝臣再三上奏。最终,他冷着心肠将主父偃满门抄斩。

 前汉 | **48. 漠北之战**

元朔五年（前124年），匈奴右贤王不满汉廷夺回河南地，屡屡入侵刚刚设立的朔方郡。武帝急命车骑将军卫青率三万骑兵赶赴高阙迎战，又命游击将军苏建、强弩将军李沮、轻车将军李蔡、骑将军公孙贺等人率军听他调令。

卫青本是平阳侯府的骑奴，因三姐卫子夫被武帝宠幸选入宫中，再加上自身才华出众，逐渐崭露头角。龙城之战时，他以新人之姿直捣匈奴祭天圣地，赢得汉匈交锋以来的首次大胜。此后数年卫青连战连捷，一跃成为军界冉冉升起的新星。

面对这般强敌，右贤王未战先怯，主动退出汉朝国境。卫青循着蛛丝马迹，率部奔袭六七百里，终于在茫茫夜色中堵住了匈奴主力。

右贤王自以为虎口余生，正在营内寻欢作乐，不想竟被从天而降的汉军围得水泄不通。仓促之间，他临时召集数百亲兵，趁乱向北逃窜。

轻骑校尉郭成瞧见敌酋走脱，匆忙带队搜捕。怎奈天地间黑漆一团，一行人追了半夜，也未能将其擒回。

匈奴营地的其他士兵看着突然出现的汉军，大多吓破了胆，当下缴械投降。经此一战，汉军俘虏匈奴小王十余人、部民一万五千

余人,抓获近百万头牲畜。

武帝大喜过望,不等众人班师回朝,就派使臣赴前线册封卫青为大将军,增加食邑八千七百户,甚至将他三个襁褓中的孩子也封为列侯。

卫青不愿独擅其美,上表请辞并为部将请功。武帝听从了,加封李蔡、李朔、韩说、赵不虞、公孙贺、公孙敖、公孙戎奴等人为列侯。

一年后,匈奴再次不宣而战。卫青指挥六路大军,二出定襄,打得敌人毫无还手之力。在此次战役中,卫青的外甥、年仅十八岁的票姚校尉霍去病显得格外耀眼。

霍去病精于骑射,自幼便得到武帝和卫青的喜爱。此番出征,他率八百轻骑奇袭匈奴腹地,一举歼灭两千多人,并生擒了伊稚斜单于的叔叔栾提罗姑。捷报传回长安后,武帝认为霍去病功冠全军,

48. 漠北之战

特意将他封为"冠军侯"。

经过两年历练,霍去病升任骠骑将军,统率万余铁骑,北击匈奴。六天之内,他转战千里,斩杀楼兰王、卢侯王,夺取休屠王祭天金人,并俘获浑邪王子及相国、都尉等众多高官,狠狠打击了匈奴人的嚣张气焰。

元狩二年(前121年)夏季,武帝自恃兵精粮足,有意扩大战果。霍去病等一众骁将响应朝廷号召,再度出征塞外。

行军途中,合骑侯公孙敖一支军队迷失方向,无法按规定日期与霍去病部队会合。消息传来,军中一片哗然,霍去病却艺高人胆大,下令队伍继续前进。

疾行数日后,这支汉军横渡居延泽,抵达祁连山,一路上势如破竹,打得匈奴人节节败退。仅仅数日工夫,匈奴大军就损失了三万多名士兵,只得向草原深处退却。

与此同时,博望侯张骞、郎中令李广各领了一支军队,自右北平方向杀入匈奴领地。

匈奴左贤王探知敌兵入境,急忙集结四万精骑,在汉军的必经之路上设下重重埋伏。先锋大将李广一时失察,致使麾下四千士卒沦为瓮中之鳖。

危急关头,李家三郎李敢奉了父命,领着数十骁骑纵马奔驰,硬生生地在敌军的包围圈中杀出一条血路。汉军见李敢在敌军中来去自如,一时士气大振。

李广这时下令士兵们围成一个圆圈,面朝向外站立,然后持箭拉弓,将利箭射向敌军。匈奴人因畏惧李广始终不敢靠近,只是射箭回击。

双方对峙一天一夜,各自损伤了几千名将士。汉军因为人数少时刻不能放松警惕,一个个疲惫不堪。等到第二天天亮,李广抱着

最后一搏的心态，率领剩下的士兵向着敌军的营盘发起冲锋。两军阵线犬牙交错，很快就杀得血流成河。

恰在这时，张骞率军赶到战场。左贤王见势不妙，当即挥师远遁。汉军还想穷追猛打，只可惜马疲人倦，不得不暂时退兵。

接二连三的失败，彻底激怒了自命不凡的伊稚斜单于。他打算斩杀被汉军打得数次败北的浑邪王和休屠王，以儆效尤。

浑邪王收到消息，走投无路之下约着休屠王入塞请降。武帝疑心有诈，特意指派霍去病率兵迎候。

休屠王听闻宿敌前来受降，突然间反悔了。浑邪王担心节外生枝，抢先杀死休屠王，将浑邪、休屠两部合二为一。然而，浑邪王手下的将士看见汉军人多势众，内心多有畏惧，便暗中相互约着一起逃跑。

霍去病察觉后，动用霹雳手段，处死了八千名叛逃者。匈奴人被唬破了胆子，争相收起獠牙，乖乖跟着浑邪王迁往异国。

伊稚斜单于痛失河西走廊，自然不肯善罢甘休。接下来的两年里，他高举复仇大旗，搅得两国边境鸡犬不宁。武帝怒不可遏，便在全国各地征敛钱粮，试图一劳永逸地解决北方恶邻。

元狩四年（前119年）春，决战的号角响彻华夏大地。卫青、霍去病各自率领五万骑兵，自定襄、代郡重入塞北。数十万全副武装的精锐步卒，也押着辎重粮草，浩浩荡荡地奔赴大漠。

叛逃匈奴的原汉军将领赵信得知武帝倾国远征，赶忙向伊稚斜单于献计："卫、霍等人虽然来势汹汹，但也难敌千里黄沙。我军占据地利，只需以逸待劳，便能立于不败之地。"单于深以为然，立即收拢部卒退守漠北。

卫青深入匈奴腹地多日，没见到一支匈奴军队，派出侦骑四方打探。后来，他从俘虏口中获知单于行踪，即刻领兵出发，并命令

48. 漠北之战

李广等人随后赶来会合。

进军好几百里后,卫青终于找到了匈奴单于的大本营。当下命令士兵安营扎寨,随后领兵挑战。

伊稚斜单于及本部兵马苦战一日一夜,终因实力悬殊,落荒而逃。卫青率领部下乘胜逐北,沿途斩首万余人。直至火焚匈奴重镇赵信城后,他才鸣金收兵退回漠南。

几天之后,李广才率兵赶到。卫青依照规矩,遣人调查个中详情。

李广一生坎坷,几乎把拜将封侯的希望全都系于此战,哪知途中迷路错失战机,壮志难酬。面对如此戏剧性的打击,他已无半点苟活之心,遂在朝廷问罪之前横刀自刎。

李广自尽的消息传开,全国上下的军民大多为他伤心落泪。因为李广平日对待士兵宽厚仁爱,行军途中对百姓秋毫无犯,众人都感念他的恩德。

老李广事失迷刎首

就在伊稚斜单于东逃西窜之时，霍去病带兵驱驰两千余里，正面击溃匈奴左贤王部，捕获屯头王、韩王等达官显贵近百人。匈奴人大败亏输，从此不敢与汉军正面对抗。

大获全胜的霍去病登临瀚海，在狼居胥山和姑衍山分别举行祭天、祭地典礼，为漠北之战画上了一个圆满的句号。

前汉 | 49. 苏武牧羊

漠北之战结束后，匈奴实力大为削弱，原本受到挟制的西域诸国生出二心，想脱离它的掌控。武帝得知后，有意打通前往西域各国的要道，于是再次起用张骞为中郎将，出使西域。

张骞早年出使大月氏，沿途访问车师、焉耆（qí）、库车、疏勒、大宛、莎车、于阗（tián）等国，十分熟悉葱岭一带的风土人情。他建议此行先联络乌孙，然后招降浑邪王旧部，这样西域其他国家也就会跟着归顺了。

武帝从善如流，迅速抽调三百名熟悉外事的英才，并备好万头牛羊和价值数千万钱的财帛，悉数交由张骞调用。

只可惜，乌孙这时因为王位继承问题引发内乱，又加之国王昆莫年老委顿，无意与汉朝结盟。张骞只好安排副使们走访邻邦，竭力宣扬大汉国威。

张骞回国的时候，乌孙国王派遣了使者跟着他一起来到了长安。使者朝见汉武帝，献上数十匹好马。武帝非常高兴，下令优待乌孙使者，又提拔张骞为大行。

一年之后，大宛、康居、月氏、大夏、楼兰、安息等国纷纷遣使入汉。匈奴众叛亲离，几乎沦为秋后的蚂蚱。

此后十数年，南越、东越、朝鲜及且兰、夜郎等西南诸夷相继

归降；乌桓、西羌各部亦俯首称臣。汉武盛世的荣光顺着张骞、李广利与万千勇士开拓的陆上、海上"丝绸之路"，渐渐传遍四方。

太初四年（前101年），新任的且鞮侯单于迫于压力，释放了之前扣留的汉朝专使，想要和汉朝交好。一年后，武帝投桃报李，也选派中郎将苏武等人，将历年拘禁的匈奴使者遣送回国。

不承想，且鞮侯单于当面一套，背后一套，完全不把远道而来的汉使放在眼里。苏武碍于身份，不便发作。副使张胜却自作主张，贸然参与匈奴缑王及降将虞常等人发动的叛乱，结果因叛徒告密，失手被擒。

事后，且鞮侯单于借题发挥，强迫苏武叛汉降胡。苏武自知蚍蜉（pí fú）难撼大树，索性以死明志。单于见他宁为玉碎、不为瓦全，生出爱才之心，更加不舍得放手。但苏武铜心铁胆，任由对方威逼利诱，依然不改初衷。

且鞮侯单于屡屡碰壁，于是下令把苏武丢进露天地窖，试图用饥寒逼他就范。可没想到几天过去了，苏武吞吃雪团和衣服上的毡毛，竟活了下来。

且鞮侯单于怀疑苏武受神灵庇佑，不敢再用狠辣手段，就把他发配到北海，扬言道："只要公羊产出羊奶，我就放你回国。"

苏武明知对方故意刁难，却还是欣然前往。且鞮侯单于恼羞成怒，竟断了他的粮食供应。苏武只好搜寻野鼠和草籽充饥，日复一日，年复一年，在北海拄着旄节放牧羊群。

天汉二年（前99年），武帝察觉到匈奴人的狼子野心，果断发起新一轮攻势。常年不间断的战争，大大损耗了汉军的有生力量。此时名将霍去病、卫青业已离世，武帝命贰师将军李广利领兵三万攻打匈奴。

大战伊始，李广利西出酒泉，重创匈奴右贤王部。可在回师途

49. 苏武牧羊

中，汉军陷入重围，损兵折将。多亏假司马赵充国不惜性命，携百余壮士浴血奋战，才勉强杀出一条血路。

不久，浚稽山之战爆发。骑都尉李陵督率五千步卒，与统兵三万的且鞮侯单于狭路相逢。尽管兵力悬殊，但李陵借助地利，充分发挥弓箭手的优势，打得敌人溃不成军。

且鞮侯单于误以为遭遇汉军主力，慌忙从左、右贤王部调来八万精骑。李陵且战且退，始终不落下风。

匈奴人占不到便宜，萌生退意。可就在这时，汉军军候管敢因被校尉责罚，临阵投敌，将汉军矢尽兵穷、粮尽援绝的实情和盘托出。

且鞮侯单于大喜过望，立刻发起潮水般的猛烈攻势。成安侯韩延年血战身亡，各队兵士亦十不存一。李陵回天乏术，只好下马投降。

武帝获知前线军情后，恼恨李陵不能捐生殉节，将李家老幼全数拘捕。满朝文武揣摩圣意，随即加入声讨李陵的行列。唯有太史

令司马迁仗义执言,不肯落井下石。

过了段时间,汉军再次北征。临行前,武帝嘱咐因杅将军公孙敖留意李陵下落,想办法接他回国。哪知公孙敖出师不利,回朝后谎称:"李陵正替匈奴练兵,并无回国打算。"

武帝信以为真,一怒之下诛杀李氏满门。李陵万念俱灰,彻底绝了回国之心。

当时且鞮侯单于病死,狐鹿姑单于继位。他赞赏李广的骁勇,封他为右校王,还把女儿嫁给了他。

狐鹿姑单于听说李陵与苏武少年相识,又曾同殿为臣,就派他去劝降苏武。

李陵早就知晓好友下落,只是顶着降臣的身份,自觉没有脸面来见他。现如今单于亲自下令,他只得听命前来。

谁知苏武一片赤诚,忠心报国,哪怕得知老母亡故、娇妻改嫁、兄弟自杀、幼妹与儿女流离失所,也不肯叛国求荣。

始元六年(前81年),匈奴内斗越发严重,汉朝兵马又在边境虎视眈眈。继任的壶衍鞮单于担心腹背受敌,于是在母亲颛(zhuān)渠阏氏及卫律的建议下与汉廷议和。

此时,汉武帝已驾崩六载,昭帝刘弗陵继位。为避免再开兵衅,他派人回复壶衍鞮单于:"只要你们送还被扣押的苏武等汉朝使节,朕就答应和谈。"

壶衍鞮单于却谎称苏武早已病死。假吏常惠知道苏武的境况,连夜拜见汉使,献上一计。

汉使便称昭帝在上林苑射得一只大雁,上面还绑着苏武的亲笔书信,说他现在人在北海。壶衍鞮单于这下无话可说了,便把苏武、常惠、马宏等九位尚在人世的使臣尽数放还。

大将军霍光、左将军上官桀与李陵交情颇深,派李陵的老友任

49. 苏武牧羊

立政随使团来到了匈奴,想劝说老友回归故国。李陵常思故土,但又担心归国后受辱,所以不肯回来,最终客死异乡。

50. 王莽篡位

元平元年(前74年),汉昭帝因病去世,年仅二十一岁。大将军霍光先是拥立昌邑王刘贺为新君,后又因为过于骄奢淫逸将他罢黜,而后率群臣迎立流落民间的刘病已。

这刘病已是武帝的曾孙,因为十七年前的一桩"巫蛊之祸"而流落在外——当年,奸臣江充、苏文等人利用武帝笃信神鬼一事,污蔑戾太子刘据用巫术诅咒皇帝。刘据与母后卫子夫百口莫辩,接连自杀;卫氏家族与东宫的人也受牵连,相继遇害。尚在襁褓中的刘病已逃过一劫,被收押在监狱中。

廷尉监丙吉同情废太子的悲惨遭遇,让狱中的女犯胡组、郭徵卿悉心照料皇曾孙。几年后,掖庭令张贺奉武帝遗诏抚养刘病已,待到刘病已年岁稍长,又为他请老师授课、张罗婚事。

刘贺被罢黜后,朝中大臣围绕着新君一事犹疑不决。后经光禄大夫丙吉、太仆杜延年举荐,刘病已入继大统,改名为询,史称汉宣帝。

宣帝在位期间,奉行武帝晚年及昭帝时施用的国策,轻徭薄赋,与民休息,逐渐恢复了汉朝国力。

神爵元年(前61年),先零羌勾结匈奴及羌族各部,侵扰西北边境。后将军赵充国年逾古稀,仍挂帅出征。抵达前线后,他因地

50. 王莽篡位

制宜、剿抚兼施,不到一年就平定了西羌之乱。

匈奴人本想趁火打劫,奈何畏惧赵充国,不敢进犯。几个月后,虚闾权渠单于忽然病逝,继任的握衍朐鞮单于暴虐成性,逼得镇守西域的日逐王先贤掸叛胡降汉。

宣帝借此机会命令都护郑吉筹建西域都护府,管理丝绸之路沿线的三十六个国家。至此,匈奴彻底失去对西域诸国的控制,再也不复往日雄风。

匈奴各部首领眼见王庭日薄西山,纷纷篡位夺权。握衍朐鞮单于失道寡助,最终兵败自杀。此后数年,屠耆单于、呼揭单于、车犁单于、乌藉单于、闰振单于、郅支单于、呼韩邪单于,你方唱罢我登场,匈奴变得四分五裂。

甘露元年(前53年),呼韩邪单于在大决战中损兵折将,只好率领南匈奴人归附汉朝。获胜的郅支单于盘踞王庭,再度把势力伸向西域。乌孙、大宛等国畏其兵锋,通通敢怒不敢言。

西域都护骑都尉甘延寿与副校尉陈汤听说北匈奴人气焰嚣张,担心他们进犯大汉,于是矫诏调兵,分两路突袭郅支城,一举斩杀郅支单于。

呼韩邪单于得知哥哥败亡,欣喜之余更添几分忧惧。为此他特意赶赴长安,请求与汉廷和亲。

此时,宣帝驾崩,元帝刘奭君临天下。他也想进一步拉拢南匈奴,于是援引武帝时细君公主、解忧公主远嫁乌孙的先例,将后宫秀女王昭君嫁给呼韩邪单于。

王昭君背井离乡,远嫁匈奴,不仅为漠北带去了先进的中原文化,更促进了汉匈边塞五十余年的和平。

就在昭君出塞不久,元帝患病骤然崩逝,太子刘骜继位,史称汉成帝。

转眼之间，霜凋夏绿。成帝在位二十六年后，于未央宫内与世长辞。因他一生无子，太后王政君于是与廷臣商议，将先前过继的太子刘欣立为皇帝。

早年成帝在位时，母舅王凤、王音、王商、王根先后以大司马身份掌管朝政。等到哀帝登基，则倚重祖母傅氏、母亲丁氏、宠臣董贤及三族之力，处处打压王家。时任大司马王莽自知难以抗衡，索性暂时辞官归隐，静观事态发展变化。

公元前1年，汉哀帝驾崩。王政君以太皇太后的身份召回王莽，令他官复原职。前将军何武、后将军公孙禄担心外戚祸国，还想出面阻止，结果反遭王莽算计，齐齐丢官罢职。大司徒孔光碍于王家权势，对此装聋作哑。

王莽倚势挟权，越发不把国家法度放在眼里。王舜、王邑、甄邯、甄丰、平晏及刘向、孙建等人见他大权独揽，甘为爪牙，供其驱使。

新继位的汉平帝刘衎时年九岁，全然不懂朝堂政事。太皇太后偏偏又被王莽蒙骗，只当他是宅心仁厚、虚怀若谷的谦谦君子。

短短数月，孝成皇后赵飞燕、孝哀皇后傅氏及董贤夫妇自尽身亡，各族子弟皆遭贬黜；红阳侯王立虽是太皇太后亲弟，亦被排挤出京。一时间，朝堂内外风声鹤唳，就连大司空彭宣也只能辞官自保。

王莽一方面欣然自喜，一方面又怕四面受敌，故而保举孔光、王舜、甄丰升任太师、太保、少傅，同时封赏王侯、官吏及田夫野老。四方臣民对此歌功颂德，甚至有人将其比作功德无量的伊尹、周公。王莽还招来王昭君长女须卜居次入宫侍奉，哄得太皇太后开心。

元始三年（3年），王莽把女儿嫁给平帝，却不许帝母卫姬入京团圆。王莽长子王宇不满父亲专权跋扈，与师傅吴章、舅舅吕宽合谋，企图借鬼神之说劝谏父亲。

不承想，王莽心狠手辣，先是逼死长子，随后株连蔓引，将卫

50. 王莽篡位

氏全族及敬武公主、红阳侯王立、平阿侯王仁、乐昌侯王安、汜乡侯何武、前司隶鲍宣、护羌校尉辛通、南郡太守辛伯等一众政敌尽数诛戮。

王舜、孔光、甄丰及大司徒马宫等人趁机在太皇太后面前赞扬王莽大义灭亲,太皇太后于是特别颁布旨意嘉奖他。

王莽权倾天下,尤不满足,他又以重金贿赂羌族首领,让他们敬献鲜水海诸地。马宫等党徒趁机上疏:"安汉公辅政以来,前有越裳、黄支等国进奉白雉、犀牛,后有匈奴、东夷、西羌诸部称臣纳贡。朝廷若不重重褒奖,如何对得起这份不世之功?"

一时间为王莽请封的奏疏纷至沓来,前后竟达四十八万七千五百七十二份。太皇太后骑虎难下,便为王莽加九锡。

之后王莽安排陈崇、王恽等八人分赴各地,编造歌谣为他歌功颂德。平帝已经十四岁,见王莽只手遮天,屡屡杀害自己的亲人好

友,恨不得即刻拨乱反正。

只可惜王莽耳目众多,有人探知平帝的情况暗中来报。王莽顿生杀意,派人毒死了他,然后把年仅两岁的刘婴立为储君。

消息传出,朝野上下一片哗然。前辉光谢嚣(xiāo)窥破王莽心思,抢先上奏:"武功县长孟通疏浚水井时发现一块白石,上面用朱笔写着'告安汉公莽为皇帝'八个大字。"太皇太后闻讯大怒,却也无力扭转形势。

不久,王莽代理朝政,称"假皇帝"。安众侯刘崇、严乡侯刘信、东郡郡守翟义及三辅豪强深恶痛绝,陆续起兵反抗。王莽心惊胆战,急调关东兵马镇压。刘崇、翟(zhái)义等人怎奈寡不敌众,尽皆落败。

初始元年(8年),王莽认为时机成熟,谋划篡位夺权。太皇太后孤立无援,被迫交出传国玉玺。王莽得偿所愿,废刘婴为安定公。从此,汉室江山改头换面,改称新朝。